Der Tod des Chiemseemalers

Dieses Buch ist ein Roman. Handlungen und Personen sind frei erfunden. Ähnlichkeiten mit lebenden oder toten Personen sind nicht gewollt und rein zufällig.

Gretel Mayer

Der Tod des Chiemsee-malers

Kriminalroman

emons:

Bibliografische Information der Deutschen Nationalbibliothek
Die Deutsche Nationalbibliothek verzeichnet diese Publikation in der Deutschen Nationalbibliografie; detaillierte bibliografische Daten sind im Internet über http://dnb.d-nb.de abrufbar.

MIX
Papier aus verantwortungsvollen Quellen
FSC® C083411
FSC
www.fsc.org

Umschlagmotiv: mauritius images/Art Collection 3/Alamy
Umschlaggestaltung: Nina Schäfer
Gestaltung Innenteil: César Satz & Grafik GmbH, Köln
Lektorat: Uta Rupprecht
Druck und Bindung: CPI – Clausen & Bosse, Leck
Printed in Germany 2018
ISBN 978-3-7408-0417-6
Originalausgabe

Dieser Roman wurde vermittelt durch die Autoren- und Projektagentur Gerd F. Rumler, München.

Nix Gwieß woas ma ned!

Joseph Huber, genannt »Finessensepperl«, 1763–1828

Sehr beliebter bayerischer Ausspruch,
der wörtlich übersetzt bedeutet,
dass man »nichts Genaues nicht weiß«.

Luise hasst den Donnerstag

Luise Meierhofer hasste die Donnerstagnachmittage. Wenn nicht gerade Haupterntezeit war, hatte sie jeden Nachmittag nach der Hof- und Stallarbeit und der Arbeit in Küche und Garten des elterlichen Hofes ein, zwei Stunden Zeit für sich. Die Mutter meinte, dass sie in dieser freien Zeit an ihrer Aussteuer nähen oder im Rosenkranzblättchen lesen solle, doch das tat Luise äußerst selten.

Im Sommer traf sie sich oft mit ihrer Freundin Annamirl zum Plaudern, dann saßen sie entweder hinter dem Hof in der Sonne oder gingen hinunter zum See. Dort setzten sich die beiden Mädchen, die zierliche dunkellockige Luise mit dem fein geschnittenen Gesicht und der ein wenig zu langen Nase und das blondzöpfige, etwas drallere Annamirl mit den blitzend blauen Augen, an den Rand des Dampferstegs, um die Sommerfrischler und vor allem die Kleider der Damen aus der Stadt zu betrachten.

Im Winter lasen sie begierig die Liebesromane, die Annamirl mitbrachte, und nur manchmal stickten sie Lochsaum oder versahen ein Kissen für die Aussteuer mit feinen Kreuzstichen. Schon lange war es abgemachte Sache, dass Luise den Stefan Riedinger heiraten sollte, den Erben eines der größten und wohlhabendsten Anwesen der Gegend.

Am Donnerstagnachmittag jedoch hatte Luise nicht frei, denn sie musste hinüber zur Großtante Huber. Die Kreszenz Huber war weit über neunzig und seit mehr als drei Jahren bettlägerig. Die Meierhoferfamilie, aus der die Kreszenz stammte, und die Huberfamilie, in die sie eingeheiratet hatte, kümmerten sich abwechselnd um sie. Und so war am Donnerstagnachmittag immer Luise an der Reihe, die alte, gebrechliche und geistig schon recht verwirrte Frau zu besuchen und zu versorgen. Sosehr Luise manchmal über die Geschichten der alten Huberin, die zuweilen recht deftig ausfielen, lachen musste, so sehr ekelte es sie, die übel riechende Bettpfanne unter der ächzenden und stöhnenden Tante wegzuziehen und auszuspülen.

Die Tante besaß keinen einzigen Zahn mehr und konnte nur noch Griesbrei und Apfelmus essen. Es war jedes Mal eine große Mühe für Luise, ihr auch nur einige Löffel davon einzuverleiben. So war sie dazu übergegangen, ihr zwischendurch einen großen Schluck Bier zu verabreichen; die Tante schmatzte dann immer genießerisch, wurde aber auch bald so schläfrig, dass an weiteres Füttern nicht zu denken war. Luise war das nur recht, so konnte sie, wenn die Tante schnarchte, sie ihr das Bett aufgeschüttelt und die Stube gefegt hatte, schnell wieder das Weite suchen.

Der Frühsommer des Jahres 1930 war dabei, in einen heißen, regenarmen Sommer überzugehen. An diesem Maitag war die Luft noch kühl und klar, ein recht kräftiger Wind fegte die Wolken über den Chiemsee hinüber zur Kampenwand und ließ kleine Schaumkronen auf den Wellen tanzen. Luise lehnte sich aus dem Fenster der Großtante, atmete die frische Luft ein und bemühte sich, den Gestank der Bettpfanne und den säuerlich-muffigen Geruch, der immer aus dem Bett der alten Huberin aufstieg, zu vergessen.

Unten im Hof des Huberanwesens stand ein Mann, bekleidet mit der in der Gegend üblichen knielangen Lederhose und einem dunkelblauen Arbeitshemd, und lud sorgsam große, länglich-schmale Pakete und Holzrahmen von seinem Motorradanhänger. Er winkte zu ihr herauf.

»Bist die Luise, gell? Ich bin der Josef, willst nicht runterkommen?«

Der Mann dort unten musste der Maler sein, der seit einiger Zeit im Anbau des Huberhofs sein Atelier hatte. Im Ort wurde viel über ihn geredet, und Luise wusste von der Huberbäuerin, dass er aus dem Niederbayerischen stammte und Dekorationsmaler gelernt hatte. Er hatte einigen Erfolg mit seinen Gemälden, die hauptsächlich die Landschaft und die Menschen des Chiemsees darstellten. Es hieß, er sei sogar mit Mitgliedern des bayerischen Königshauses bekannt.

Schnell und ohne noch einmal nach der schnarchenden Kreszenz und ihrem inzwischen gespenstisch weit geöffneten zahnlosen Mund zu schauen, sprang Luise die Treppe hinunter.

Als sie dem Maler nun gegenüberstand und unwillkürlich leicht knickste, war sie erstaunt, dass er ein noch ziemlich junger Mann war und nicht anders aussah als all die jungen Bauernburschen der Gegend. Sie schätzte ihn nur wenig älter als ihren Bruder Ludwig, der gerade dreißig geworden war und vor Kurzem den Hof übernommen hatte. Der Maler streckte ihr seine Hand entgegen und drückte die ihre.

»Wenn der Tod nur kommen könnt zur alten Huberbäuerin«, sagte er.

Luise nickte, doch kein Wort wollte ihr über die Lippen kommen. Sie konnte den Blick nicht von seinen sanften grauen Augen abwenden und fühlte eine lustvoll zitternde Hitze in sich aufsteigen, die ihr Herz rasch klopfen und ihre Wangen heftig erröten ließ. Nun erst bemerkte sie, dass der Maler in der derben Lederhose, mit den zärtlichen, forschenden Augen ihre Hand noch immer fest in der seinen hielt und sein Daumen fast unmerklich deren Innenfläche streichelte.

»Willst noch mit reinkommen?«, fragte er, und Luise, die immer noch kein Wort gesprochen hatte, folgte ihm.

Viele Bilder, fertige und unfertige, lehnten an der Wand oder standen auf Staffeleien, und das, vor dem Luise nun gerade stand, zeigte fast genau den Blick, den sie vor wenigen Minuten von der Stube der alten Huberin aus gehabt hatte. Große weiße Sommerwolken trieben über dem See, der Zwiebelturm des Münsters der Fraueninsel glänzte in der Sonne, und im sanften Dunst dahinter lagen die Chiemgauer Berge. Auf einem anderen Bild saßen im Dämmerlicht des Morgens zwei Fischer in ihrem Kahn und warfen die Netze aus. War der ältere nicht der Fischermeister Lex von der Fraueninsel?

Der Maler hatte mittlerweile in der Ecke des Ateliers an einem schlichten Holztisch neben dem Kachelofen Platz genommen und skizzierte mit schnellen Strichen etwas auf seinem Block.

»Da, schau«, meinte er nach kurzer Zeit und hielt ihr den Block hin.

Staunend erkannte Luise ihr schmales Gesicht mit der etwas zu langen Nase unter den widerspenstigen dunklen Locken, die sich im Laufe des Tages immer aus ihrer Zopffrisur lösten.

»Bist a hübsches Madl, ich würd gern noch a paar Bilder von dir machen. Kommst wieder?«, fragte der Josef, streckte die Hand aus und strich ihr rasch sanft über die Wange.

Luise knickste wieder ungelenk, und als sie kurz darauf atemlos und erhitzt auf dem elterlichen Hof ankam, hätte sie nicht sagen können, wie sie das Atelier verlassen hatte.

Als Luise an diesem Abend unter der blau-weiß karierten Bettdecke ihre Hand zwischen die Schenkel legte, dachte sie an die grauen Augen des Malers und fühlte deutlich seine warme Hand, die sie zuerst sanft, doch dann immer leidenschaftlicher streichelte. Kurz darauf erfüllte ein kurzer stöhnender, lustvoller Schrei die Kammer, und es dauerte einen Moment, bis ihr klar wurde, dass sie es war, die ihn ausgestoßen hatte. Sie presste die Hand auf die Lippen und hoffte, dass sie ihre kleine Schwester Marie, mit der sie die Kammer teilte, nicht aufgeweckt hatte.

In den nächsten Tagen tat sie ihre Arbeit wie immer, doch ständig fühlte sie dabei eine schmerzhafte Unruhe und ein starkes Sehnen. Sie konnte den Anbruch der Nacht kaum erwarten, um sich wieder in die Arme des Malers zu träumen. Am Sonntag beim Hochamt wagte sie es nicht, zum Bild der Gottesmutter aufzuschauen, sie hielt den Blick gesenkt und verlor sich während der Messe in Gedanken an seine zärtlich-kundigen Augen und an seine Daumenkuppe, die ihre Handinnenfläche gestreichelt hatte.

Annamirl stieß ihr den Ellbogen in die Seite, flüsterte ihr »Aufstehen zum Vaterunser« zu und musterte sie sorgenvoll.

Am Montag sagte Luise zur Mutter, dass sie kurz nach der alten Huberin schauen wolle, diese habe ihr das letzte Mal keinen guten Eindruck gemacht. Die Mutter, zuerst etwas verwundert, dann jedoch erfreut, ließ sie ziehen und konnte vom Hühnerstall aus nicht sehen, wie Luise einige Minuten später den Hof verließ. Rasch hatte sie die Zöpfe gelöst, die dunklen, immer ein wenig störrischen Locken fielen ihr auf die Schultern, und das neue dunkelblaue Mieder zeigte deutlich den Ansatz ihrer Brüste.

Schnell lief Luise die paar Schritte zum Huberhof hinunter und hoffte, niemandem zu begegnen. Sie wusste, dass die Huberbäuerin um diese Stunde im Obstgarten hinter dem Hof war und erst später nach der Tante schauen würde, doch wie es der Teufel wollte, stieß sie ein paar Meter vor dem Huberhof auf den jungen Wachtmeister Gustav Fanderl. Er war nur wenige Jahre älter als sie, und sie kannten sich von Kindesbeinen an. Der Fanderl, in einer ihm viel zu großen Polizeiuniform und mit zwei großen Pickeln auf der Nase, musterte sie erstaunt.

»Was hast du denn vor, Luise? Du schaust aus, als würdest du zum Kirchweihtanz gehen, so rausgeputzt!«

Luise spürte, wie ihre Wangen rot wurden, ging aber auf seine Frage nicht ein und erklärte nur kurz, sie sei unterwegs zur alten Tante. Der Fanderl blickte ihr noch einen Moment nachdenklich hinterher, dann ging er, wieder seine Amtsgeschäfte im Sinn, die Dorfstraße hinunter.

Die Tante verweigerte diesmal den Griesbrei und das Apfelmus, trank aber einige Schlucke Bier und kicherte wissend vor sich hin. Rasch war die Bettpfanne geleert, Luise eilte zum Fenster und spähte hinunter in den Hof. Die Tür zum Maleratelier war geschlossen, niemand war zu sehen. Enttäuschung stieg in ihr auf, und mit einem energischen, fast ein wenig groben Griff drückte sie die Großtante in die Kissen und sprang die Treppe hinunter. Als sie aus dem Haus trat, stieß sie fast mit dem Maler zusammen, der eben eintreten wollte. Einen Moment waren sie sich ganz nahe, und Luise konnte seinen Atem, der etwas nach Tabak und Bier roch, an ihrer Wange spüren.

»Luise«, fragte er, »ist was mit der Altbäuerin?«

»Nein, nein, ich wollt nur kurz nach ihr schauen«, antwortete sie, ohne sich bewusst zu werden, dass dies die ersten Worte waren, die sie mit ihm wechselte.

Josef musterte sie, sein Blick glitt über ihr Gesicht, ihre offenen Locken und ihre Brust, und er lächelte.

»Willst reinkommen?«, fragte er, und Luise nickte.

Kurze Zeit später saß sie am großen Tisch in der Stube des Malers, vor sich einen kleinen Steingutkrug voll schäumenden Biers. Die herbe Süße des dunklen Gebräus schmeckte ihr gut, und einige Schlucke davon lösten ihre Zunge, sie fühlte sich leicht und beschwingt. Sie erzählte von den Geschwistern, von Annamirl und von der verhassten Handarbeit an ihrer Aussteuer und dass sie sich viel lieber so ein schönes Kleid nähen würde, wie es die Münchner Damen trugen, die mit dem Dampfer zu einem Besuch auf die Fraueninsel hinüberfuhren.

Josef saß ihr gegenüber, hörte aufmerksam zu, nickte, stellte zwischendurch kurze Fragen, und unablässig wanderte sein Stift übers Papier.

»Jetzt ist's erst eine Skizze, aber vielleicht hab ich's am Donnerstag fertig.«

Als Luise sich verabschiedete, weil sich die Mutter daheim bestimmt schon wunderte, strich er wieder mit der Hand über ihre Wange und ließ sie ganz kurz und kaum spürbar hinabgleiten über ihren Hals und zum Ansatz ihrer Brüste.

Auf dem Nachhauseweg steckte sich Luise das Haar mit einigen Klammern notdürftig hoch und versuchte am Brunnen hinter dem Huberhof ihre heißen Wangen mit dem eiskalten Wasser zu kühlen.

Am Donnerstag war die Großtante sehr schwach, wollte nichts essen, atmete schwer, und auch die Bettpfanne blieb leer. Luise war froh, schnell wieder gehen zu können, und klopfte an die Ateliertür des Malers. Er öffnete fast sofort, nahm wieder ihre Hand und führte sie zu einem Gemälde, das auf der Staffelei stand und noch einen intensiven Geruch nach Ölfarbe und Terpentin verströmte.

Luise sah sich in ihrem blauen Mieder am Tisch sitzen, das schmale, leicht gebräunte Gesicht mit der etwas zu langen Nase und den geröteten Wangen ein wenig zur Seite geneigt, eine dunkle Locke fiel ihr in die Stirn. Im Hintergrund erblickte man durch das Atelierfenster einen Teil des tiefgezogenen Daches des Huberhofs mit seinen rotbraunen Schindeln, dahinter das sanfte Blau des Himmels – heller als ihr Mieder –, und in graublauem Dunst erahnte man die Umrisse der Chiemgauer Berge. Es nahm ihr den Atem, und sie konnte nur »So schön!« stammeln.

Josef rückte einen Stuhl in die Mitte des Raumes und führte sie dorthin. Als sie sich gesetzt hatte, schob er wie selbstverständlich ihren Rock hoch bis über das Knie und entblößte ihre Beine. Hitze stieg bei seiner Berührung in ihr auf, und als er ihre Bluse aufknöpfte, den Ansatz ihrer Brüste freilegte und sie dabei berührte, glaubte sie einen Moment lang, ohnmächtig zu werden.

»Bleib so«, murmelte er.

Es war anstrengend, so lange still zu sitzen, und Luise dachte, dass er ihr Zittern bemerken müsste, doch er arbeitete konzentriert und in sich versunken.

Als er nach geraumer Zeit – Luise erschien es wie einige Stunden – »Das reicht für heute« sagte, erhob sie sich und blieb unschlüssig in der Mitte des Ateliers stehen. Er beachtete sie kaum und begann, auf seiner Palette Farben zu mischen. Als sie zu ihm treten wollte, um das Bild zu betrachten und sich von ihm zu verabschieden, sagte er kurz angebunden: »Pfiad di, bis nächste Woch.«

Der nächste Donnerstag war ein drückend heißer, schwüler Tag, und Xaver, der Knecht, hatte für den Abend eines der ersten Gewitter des Jahres prophezeit. Auch die Maigewitter konnten schon so einige Schäden anrichten, und dagegen half nichts, außer zu beten und die Wetterkerze in der Stube anzuzünden. Als Luise die Treppe zur Tante hochstieg, hörte man in der Ferne erstes Donnergrollen, und der aufkommende Wind ließ ein Fenster im Haus auf- und zuschlagen.

»Ich bin's, Tante Kreszenz, die Luise«, rief sie beim Betreten des Zimmers und musterte, bevor sie sich um die Tante kümmerte, erst ihr Aussehen im schon etwas blinden Spiegel über dem Waschkrug. Das Weiß der Bluse unterstrich die frische leichte Bräune ihres Gesichts, und schnell prüfte sie noch einmal den Sitz des Kamms, mit dem sie ihre Locken lose aufgesteckt hatte. Sie fand, dass sie schön und vor allem schon sehr erwachsen aussah. Dann drehte sie sich zum Bett und erstarrte.

Der kleine Kopf der Kreszenz war tief im Kissen versunken, die wenigen Haare lagen wirr um ihn herum, die Augen waren weit geöffnet und starrten ins Nichts, die Haut war gelblich grau und der Mund unnatürlich weit aufgerissen wie zu einem Schrei. Am gespenstischsten jedoch war die rechte Hand der Großtante, die knochig und mit krummen arthritischen Fingern aus der Bettdecke herausragte und nach oben zur Decke wies.

Zitternd trat Luise näher und wagte es erst nach geraumer Zeit, den Arm der Tante zu berühren. Die Haut war trocken wie Pergament und eiskalt. Obwohl Luise noch nie in ihrem jungen Leben einen toten Menschen gesehen hatte, war ihr sofort klar, dass die Tante gestorben war.

Wirre Gedanken wirbelten ihr durch den Kopf, und für einen Moment blieb sie noch wie erstarrt neben der Tante stehen. Dann drückte sie rasch die immer noch erhobene Hand der Toten hinab auf die Bettdecke, wandte sich ab, lief schnell die Treppe hinunter und betrat das Atelier. Erst als sie Josef, der gerade Farbe in einer kleinen Schale anrührte, gegenüberstand, bemerkte sie, dass sie gar nicht angeklopft hatte.

»Heut bist aber früh«, meinte er, und Luise antwortete mit rauer Stimme: »Die Tante schläft.«

Kräftige Donnerschläge waren nun zu hören, schwarzgelbe Wolken fegten über den Himmel, und in kürzester Zeit wurde die Stube dunkel.

»Da kommt was«, sagte Josef, ging zu einem Holztisch und zündete die Petroleumlampe an, die nur einen Teil des Raums ein wenig erhellte.

Dann trat er auf Luise zu und sagte: »Willst heut die Eva für mich sein?«

Luise brauchte einige Sekunden, bis sie die Frage verstand, dann jedoch nickte sie und wunderte sich, mit welcher Selbstverständlichkeit sie ihre Bluse aufknöpfte und aus Rock, Mieder und Unterwäsche stieg.

Als die ersten dicken Regentropfen gegen die Scheiben des Ateliers schlugen, stand sie nackt an den Tisch gelehnt, mit der Rechten versuchte sie, ihre Scham zu bedecken, die Linke hielt immer noch ihre Kleider krampfhaft umklammert.

Josef trat zu ihr, und einen Moment glaubte sie, dass er sie nun umfangen und küssen würde, doch er nahm ihr nur die Kleider aus der Hand und zog sanft ihre Rechte weg von der Körpermitte. Dann ließ er sich auf dem Schemel ihr gegenüber nieder und begann, rasch und konzentriert zu skizzieren.

Luises Rücken schmerzte, Übelkeit stieg in ihr hoch, und sie spürte, wie ihr eine Träne über die Wange lief. Dann brach das Gewitter mit aller Macht los, starker Regen prasselte an die Scheiben, und helle, gleißende Blitze, gefolgt von knallend lauten Donnerschlägen, erhellten die Stube.

Auf dem Hof hörte man die aufgeregten Stimmen der vom Feld Zurückkommenden, das große Scheunentor wurde mehrfach auf- und zugeschlagen. Als Luise draußen die Huberbäuerin durch den Regen eilen sah, fiel schlagartig die Lähmung von ihr ab, und sie wollte nach ihren Kleidern greifen. Da legte Josef den Stift aus der Hand und trat auf sie zu. Ganz kurz zog er sie, nackt, wie sie war, an sich und presste sich an sie, sodass sie für einen kurzen Augenblick sein Geschlecht spüren konnte.

»Morgen kommst wieder«, sagte der Josef, und es klang mehr wie ein Befehl denn wie eine Bitte.

Bald darauf begann ein heißer und regenarmer Sommer, und im Nachhinein erzählten viele, dass nicht nur die flirrende Luft über den ausgetrockneten Feldern so heiß und glühend gewesen sei, sondern auch die Gefühle, Gedanken und Taten der Menschen in jener Zeit.

Das Bild der Eva lehnte den ganzen Sommer über an einer Wand des Ateliers, verborgen hinter einer Fischerszene. Es blieb unvollendet; die Umrisse des Körpers und das Gesicht waren nur anskizziert, lediglich die Wangen leuchteten schon in kräftigem Rot, und die dunklen Locken fielen fast schwarzblau auf die Schultern der Eva. Ein Teil ihres Oberkörpers, eine schmale Schulter, eine ihrer Brüste und die sanfte Rundung des Bauchs schimmerten alabasterfarben, und das Dunkel ihres Geschlechts war nur schemenhaft zu erahnen.

Eine seltsame Mischung aus lüsterner Zurschaustellung und zugleich brennender Scham lag in der Darstellung der jungen Frau. In der untersten rechten Ecke des Bildes schlangen sich deutlich sichtbar die Buchstaben J und S kunstvoll ineinander, dahinter war klein und unauffällig die Jahreszahl 1930 auszumachen.

Agathe Hubers Sonntagsdirndl

In ihrer Jugend war Agathe Huber eine ausgesprochen hübsche Person gewesen, von Traunstein bis Prien und bis weit in den Chiemgau hinein hatte sie damals unzählige Verehrer. Die Geburt von sechs Kindern, zahlreiche Fehlgeburten, die harte Arbeit auf Feld und Hof und nicht zuletzt das verschlossene und einsilbige Wesen ihres Mannes hatten sie jedoch rasch altern lassen. Zudem war sie, die gerade erst vierzig Jahre zählte, in der letzten Zeit sehr in die Breite gegangen, ja man konnte es nicht anders sagen: Sie war unförmig dick geworden. Bereits vier Mal innerhalb von zwei Jahren hatte die Lisl, die für alle im Dorf und in der Umgebung änderte und schneiderte, das Sonntagsdirndl der Agathe um einiges weiter machen müssen, und es war absehbar, dass es bald gar nicht mehr passen würde.

Jeden Sonntag vor dem Kirchgang stand Agathe vor dem Spiegel in ihrem Schlafzimmer und rückte ihren großen Busen zurecht. Sie hob ihn an die Stelle, an der er früher einmal gesessen hatte, und strich sich glättend über Bauch und Hüften.

Doch der Spiegel zeigte ihr unbarmherzig ihre Leibesfülle, und ihre früher so schönen Augen, die nun tief zwischen dem Speck an Stirn und Wangen saßen, füllten sich mit Tränen. Früher, wenn sie in ihrem Sonntagsstaat zur Kirche geschritten war und deutlich die neiderfüllten Blicke der Frauen und die bewundernden der Männer wahrgenommen hatte, war der sonntägliche Kirchgang das schönste Ereignis der Woche gewesen. Heute erschien ihr dieser Weg wie ein Spießrutenlauf oder ein Bußgang, und oft griff sie, um sich dafür zu wappnen, zu noch einer

Brezn und trank schon in aller Früh ein Krügerl Bier. Das letzte Mal hatte ihr der Aderhofer Benni, der seinerzeit in heftiger Liebe zu ihr entbrannt war und mehrfach die Leiter an ihr Fenster angelegt hatte, nicht einmal mehr zugenickt.

Oft lag Agathe abends neben ihrem schnarchenden Mann im Ehebett und sehnte sich nach einem Kuss oder gar einer Umarmung, doch schon seit Jahren murmelte der Huberbauer immer nur »I bin miad«, wälzte sich grunzend auf die andere Seite und drehte ihr den Rücken zu.

»'s Blut fließt nimmer bei der Agathe«, hatte die alte Michelbergerin nach dem sonntäglichen Kirchgang ihren Nachbarinnen hinter vorgehaltener Hand zugeraunt. »Das staut sich jetzt alles und wird zu Fett!«

Doch es war nicht nur der versiegende Fluss des Blutes, auch viele Würste mit Kraut, zahllose Apfelstrudel und Hefenudeln hatten die einst ranke und schlanke Agathe so unförmig werden lassen.

An diesem Morgen war die Huberbäuerin ganz schwer aus dem Bett gekommen. Eine schreckliche Nacht voller Herzrasen, Schweißausbrüche und schauerlicher Alpträume, aus denen sie immer wieder aufgeschreckt war, lag hinter ihr. Ihr Kopf und nahezu alle Gliedmaßen schmerzten. Auch der frisch gebrühte Malzkaffee und zwei Milchweckerl mit Honig halfen nicht; sie fühlte sich elend und wollte heute, im Gegensatz zu all den anderen Tagen, an denen sie sich bereits beim Aufwachen darauf freute, nicht mit den Eiern zum Maler hinübergehen.

Es war mittlerweile zur Gewohnheit geworden, dass sie dem Maler Josef Sachrang, der sich im Anbau des Huberhofs sein Atelier eingerichtet hatte, jeden Morgen ein oder zwei frische Eier vorbeibrachte. Oft schlug er sie gleich über einer Scheibe Speck in die Pfanne, manchmal nahm er sie ihr einfach aus der Hand, klopfte sie vorsichtig auf und trank sie roh aus der Schale.

»Leni, geh 'nüber zum Josef und bring ihm seine Eier. Ich hab heut keine Zeit«, beauftragte sie die junge Hilfsmagd, die aus dem Österreichischen stammte und nur für die Erntezeit eingestellt worden war.

Dumpf vor sich hin brütend und sich trotz des frischen Septembermorgens den Schweiß von der Stirn wischend, hockte die Agathe vor ihrem Malzkaffee und versuchte, die Schreckensbilder der Nacht zu vertreiben. Da zerriss ein markerschütternder Schrei die morgendlich-friedliche Stille, und wenige Sekunden später kam die Leni leichenblass in die Stube gewankt.

»Komm schnell, Bäuerin«, stammelte sie, griff taumelnd ins Leere und konnte sich gerade noch auf die Eckbank fallen lassen, bevor sie ohnmächtig wurde.

So blieb der Huberbäuerin nichts anderes übrig, als doch hinüberzulaufen zum Atelier. Da lag der Josef Sachrang im hellen Licht der Morgensonne mit seltsam verdrehten Gliedmaßen in einer großen Blutlache, und der Anblick seines zertrümmerten Schädels ließ die Huberbäuerin, die in ihrem Leben schon so einiges gesehen hatte, würgen.

Der Leni waren in ihrem Schrecken die beiden Eier entglitten, und das dunkle Rot des Blutes, das kräftige Eigelb und das schlierige Eiweiß hatten sich vermischt und bildeten eine Farbkombination, die dem Josef möglicherweise gefallen und die er auf einer seiner Leinwände vielleicht gerne festgehalten hätte.

Die Huberbäuerin vermied es, noch einmal einen Blick auf den Josef zu werfen und auf die fetten Schmeißfliegen, die sich bereits auf ihm niedergelassen hatten. Sie verließ fluchtartig das Atelier, um den für sie so beschwerlichen

Weg zum Feld hinaus anzutreten, wo der Huberbauer und der Knecht Xaver schon seit dem frühen Morgen beschäftigt waren.

Sie hatte keinen Blick für den blauen Spätsommerhimmel, über den ein frischer Wind kleine weiße Wolken fegte, und sie fand keine Zeit, auch nur kurz auf den See und den in der Morgensonne glitzernden Zwiebelturm der Klosterkirche auf der Fraueninsel drüben zu schauen. Sie ächzte und stöhnte, der Schweiß lief über ihr stark gerötetes feistes Gesicht und rann ihr in dicken Strömen den Hals hinab.

»Der Maler, da ist was Schlimmes passiert, ihr müssts gleich kommen«, keuchte sie und ließ sich erschöpft neben ein Heumandl fallen. Dabei rutschten ihr die Röcke hoch und gaben ihre dicken Beine preis, die von einem dichten Geflecht blauer Krampfadern überzogen waren.

Unwillig legte der Huberbauer seine Gerätschaften zur Seite und sprach einen für seine Verhältnisse langen Satz: »Der sauft schon manchmal zu viel; vielleicht ist er blöd gestürzt.«

»Nein, der ist tot, Anton, maustot«, rief die Huberin mit sich überschlagender schriller Stimme.

»Xaver, lauf zum Hofer und hol ihn her. Ich schau mal nach!«

Anton Huber klang erschöpft ob der vielen Worte, die er an diesem Morgen schon hatte sprechen müssen.

So standen der Huberbauer und der Knecht Xaver Lechner kurze Zeit später vor dem eindeutig verschiedenen Josef Sachrang und warteten auf den Oberwachtmeister Hofer und den Doktor aus Breitbrunn.

Agathe Huber saß neben der immer noch bleichen Leni in der Kuchl und schluchzte.

»So ein stattlicher Mann, so a großer Künstler, es ist ein

Jammer.« Sie konnte gar nicht mehr aufhören zu weinen, und ihr Mann, der ihr lautes Schluchzen bis zum Atelier hinaus hörte, schüttelte befremdet den Kopf.

Der Knecht Xaver Lechner hatte sich mittlerweile auf die Bank vor dem Atelier gesetzt, blickte sinnend auf die Chiemgauer Berge im Dunst und stopfte sich eine Pfeife.

»Da werden s' jetzt hoffentlich ned denken, dass der Rote seine Händ im Spiel gehabt hat«, murmelte er vor sich hin und kratzte sich an einer ziemlich frischen, noch blutverkrusteten Verletzung auf der Stirn.

Dann endlich kam die Polizei, allerdings nicht in Gestalt des erwarteten altgedienten Hofer, statt seiner erschien der junge Wachtmeister Gustav Fanderl, der seine Ausbildung erst zu Ostern beendet hatte. Die viel zu große Uniform schlackerte um seinen schmalen, fast noch knabenhaften Körper, und auf seiner Nase blühten zwei riesige eitrige Pickel.

»Der Hofer ist seit gestern im Krankenhaus, die Lunge hat so gerasselt«, berichtete der Fanderl. Darüber wunderte sich niemand sonderlich, denn der Hofer rauchte seit Jahrzehnten wie ein Schlot.

Der Fanderl betrat mit energischem Schritt das Atelierhäusl, doch beim Anblick des Toten wurde sein Schritt deutlich langsamer und stockte zuletzt ganz. Ein widerlich süßlicher Geruch lag in der Luft, an der leeren Augenhöhle des Toten, unterhalb derer ein Stück Wangenknochen aus der zu Brei geschlagenen rechten Gesichtshälfte ragte, saßen noch mehr Fliegen als zuvor. Der Fanderl hob an, etwas zu sagen, dann hielt er sich plötzlich die Hand vor den Mund und schaffte es gerade noch nach draußen. Dort erbrach er in einem heftigen Schwall sein ganzes Frühstück neben die Bank, auf der der Xaver Lechner saß.

Der mittlerweile hinzugekommene Doktor reichte ihm

sein Taschentuch und sagte verständnisvoll: »Da muss man durch, Fanderl.«

Der junge Wachtmeister sank mit schweißnassem, bleichem Gesicht auf die Bank neben den stoisch seine Pfeife schmauchenden Xaver und stöhnte: »Da brauch ich Amtshilfe aus Rosenheim …«

Der Huberhof war einer der ältesten und stattlichsten Höfe der Gegend. Mehrfach um- und ausgebaut, lag er etwa hundert Meter vom Dampfersteg entfernt, von dem die Chiemseeschiffe hinüber zur Fraueninsel, aber auch zur Herreninsel mit dem Schloss des wahnsinnigen Ludwig übersetzten. Von Mai bis Oktober passierten unzählige Sommerfrischler den Hof, und bis vor wenigen Jahren hatten vor allem die Damen die Blumenpracht auf den Balkonen bewundert. Nun war diese Pracht spärlicher geworden, denn der Huberin war mit ihrem ständig zunehmenden Gewicht in letzter Zeit einfach alles zu viel geworden.

Darum war sie, obwohl sie nach außen hin natürlich die Trauernde mimen musste, insgeheim nur erleichtert gewesen, als ihre Schwiegermutter, die alte Kreszenz, im Frühsommer endlich das Zeitliche gesegnet hatte. Jahrelang hatte sie der Kreszenz, die sie zeitlebens schikaniert und ihr in alles hineingeredet hatte, das Essen zubereiten, sie füttern und die übel riechende Bettpfanne leeren müssen.

Bis zum Frühsommer war einmal in der Woche die junge Luise Meierhofer vorbeigekommen, hatte die Alte gefüttert, die Stube gefegt und die Bettpfanne geleert. Da hatte die Huberbäuerin immer noch einmal nachsehen müssen, denn das junge Ding nahm es mit der Sauberkeit nicht so genau und schaute immer, dass es so schnell wie möglich wieder wegkam. Einige Male hatte Agathe der jungen Luise damals eine Rüge erteilt und ihr die nicht sauber ausgewaschene Bettpfanne unter die Nase gehalten. Die Luise hatte dann immer ganz fein gelächelt und Besserung versprochen, doch die Agathe hatte ihr das nie ganz abgenommen.

Sie konnte die Luise einfach nicht leiden, obwohl diese doch vor einigen Monaten so schwer krank geworden war und, so wurde im Dorf getuschelt, wegen eines Gemütsleidens in der Irrenanstalt Gabersee gewesen war. Vielleicht mochte sie die Luise auch deshalb nicht, weil der Anton ihr immer ein wenig zu lange hinterherschaute und einmal ganz gedankenverloren vor sich hin gemurmelt hatte: »Hübsch's Figürl, schöne Locken!«

Vor etwa drei Jahren – da war die Agathe noch etwas schlanker und ansehnlicher gewesen – hatte der Josef Sachrang eines Mittags an ihre Tür geklopft. Groß und stattlich, mit dunklem vollen Haar, blickte er sie aus seinen forschenden grauen Augen an, verneigte sich leicht und sagte: »Grüß Gott, Huberbäuerin, der Franz von der Insel schickt mich; er meint, du würdest das Nebengebäude vermieten. Ich brauch ein Atelier.«

Wer der Inselfranz war, wusste die Agathe Huber gleich. Er wohnte drüben auf der Fraueninsel in einem winzigen Häuschen mit einem verwilderten bunten Garten und malte. Als sie einmal am Sonntag zum Hochamt drüben gewesen waren, hatte die Agathe ein paar Bilder von ihm gesehen. Sie standen auf Staffeleien in seinem Garten, und Agathes Herz hatte bei ihrem Anblick heftig geklopft. Die Berge im Silberdunst, das Blau des Sees, das bedrohliche Dunkel eines heranziehenden Gewitters – all das malte der Franz, und Agathe spürte, dass er ihre Chiemseeheimat genauso sah und auch so liebte, wie sie das tat.

Dort beim Franz hatte sie auch erfahren, was ein Atelier war. Die Schneiderlisl hatte ihr ein paar Tage später erzählt, dass noch ein paar Maler mehr auf der Fraueninsel wohnten und es auch um den Chiemsee herum noch so einige gab, die die Großstadt München verlassen hatten und wegen der schönen Landschaft und des wunderbaren Lichts hierhergezogen waren.

Man munkelte außerdem von wilden Festen, Bier und Wein im Übermaß und nackten Mädchen, die sich im Dämmer eines lauen Sommerabends den Malern, einem nach dem anderen, hingaben. Agathe war bei dieser Vorstellung der Schweiß ausgebrochen, und sie hatte schnell ihre Finger in das kleine Weihwasserschälchen neben der Tür getaucht. Trotzdem hatte sie in der Nacht darauf einen Traum gehabt, den sie dem Pfarrer Grimsler beim besten Willen nicht beichten konnte.

An all das hatte die Agathe denken müssen, als der Josef Sachrang damals vor ihr stand und ihre Hand für nur einen kurzen Augenblick sanft in der seinen hielt. Einen Moment glaubte sie zu spüren, wie die Kuppe seines Daumens leicht ihre Handinnenfläche streichelte. Ein leichtes Zittern und Regungen, von denen sie geglaubt hatte, sie gehörten schon gänzlich der Vergangenheit an, stiegen in Agathe auf und erhitzten ihre vollen Wangen. Sie bat den Josef in die Stube, schenkte ihm ein kleines Glas ihres selbst gebrannten Zwetschgenwassers ein, und schnell waren sie sich einig. Der Josef würde den Anbau mieten und ein großes Fenster in das schräge lang gezogene Dach einbauen, weil er Licht zum Malen brauchte.

Nach einigen Jahren im Ausland war der Josef nun wieder in der Gegend und hatte mittlerweile schon so einigen Erfolg mit seinen Bildern, die zumeist die Landschaft und die Menschen des Chiemgaus darstellten. Den Fischermeister Lex von der Fraueninsel hatte er gemalt und die Hilda Mayer aus Seeon. Die war mit der Agathe in die Schule gegangen und hatte sich sehr gut gehalten, weil sie keinen

Landwirt, sondern einen Lehrer geheiratet und nur vier Kinder bekommen hatte. Leiser Groll und Neid stiegen da wieder in der Agathe hoch, doch der Josef, als hätte er ihre Gedanken geahnt, meinte: »Dich, Huberbäuerin, würde ich auch sehr gerne einmal malen, deine helle Haut, das schöne Haar und die weibliche Figur.« Und für einen kurzen Moment verweilte sein Blick auf ihrer üppigen Brust.

Allerdings war der Josef später nie mehr auf sein Angebot zurückgekommen, und doch schöpfte die Agathe jeden Morgen beim Eierbringen noch einmal kurz Hoffnung. Einmal war eines der Eier, als er es gerade zum Mund führen wollte, in seiner Hand zerbrochen, und das Eigelb war auf sein Gesicht und sein Hemd und ein wenig auf den Hals der Huberin gespritzt. Agathe hatte ihr Taschentuch aus der Schürzentasche gezogen und versucht, dem Josef das Gesicht und das Hemd zu säubern. So nah war sie ihm noch nie zuvor gekommen, und bis heute wusste sie nicht, ob sie es nur geträumt hatte, dass der Josef für nur einen Bruchteil von Sekunden mit seinem Mund ihren Hals berührt und das Eigelb dort weggeleckt hatte.

Der Anton Huber war von dem neuen Mieter nicht so begeistert gewesen. Zum einen nahm dieser es mit den Mietzahlungen nicht so genau und musste des Öfteren gemahnt werden; außerdem missfiel ihm das großsprecherische Wesen, das dieser Sachrang in der Wirtschaft oft an den Tag legte. Häufig befand sich der Maler dort in Gesellschaft des Moser aus Rosenheim und dessen Parteigenossen, und Anton Huber, ein treuer Anhänger des katholisch-konservativen Deutschen Bauernbundes, wie es schon sein Vater und Großvater gewesen waren, konnte der Partei des einfachen Gefreiten und gescheiterten Kunstmalers Hitler so gar nichts abgewinnen. Doch er schätzte es, dass der Sachrang ihn in Ruhe ließ und ihm nie ein Gespräch aufdrängte.

Freilich kamen zwischendurch abends die Malerfreunde und andere zu Besuch; da wurde es auch mal laut, denn es wurde kräftig getrunken und gesungen, doch der Huberbauer hatte einen guten Schlaf und bekam davon nie etwas mit. Die Huberin hingegen, wenn sie nachts wieder einmal von einem Schweißausbruch und dem Rasen ihres Herzens geweckt worden war, sah zuweilen junge Mädchen durch den Hof eilen. Einmal beobachtete sie eine ganz Junge, die nur ein unschicklich kurzes weißes Hemd trug, bloße Füße und offenes Lockenhaar hatte und wie ein dunkelhaariger Engel und ein wenig wie die Luise Meierhofer aussah.

»Ich muss jetzt wieder aufs Feld, d' Arbeit wart«, brummte der Anton Huber, nachdem der Fanderl, immer noch mit käsweißem Gesicht und dem Taschentuch vor dem Mund, seine Befragung abgeschlossen und alles mit zittriger Hand in ein zerschlissenes kleines Buch notiert hatte. Der Doktor aus Breitbrunn hatte nicht viel tun müssen, er hatte den eindeutigen Tod des Josef Sachrang festgestellt und gemeint, dass der Maler in der Zeit nach Mitternacht bis zu den frühen Morgenstunden zu Tode gekommen sei.

»Der muss in die Rechtsmedizin nach Rosenheim«, sagte er, und der Fanderl machte sich auf, alles Weitere zu veranlassen. Die Tür zum Atelier wurde versiegelt, und die Huberin und der Knecht Xaver wurden angewiesen, darauf zu achten, dass niemand sich daran zu schaffen machte. In einer Stunde werde die Amtshilfe aus Rosenheim eintreffen.

Die Agathe Huber ließ sich, nachdem sie die immer noch bleiche Leni in ihre Kammer hinaufgeschickt hatte, auf der Bank neben dem Xaver nieder, und trotz eines starken inneren Zitterns verspürte sie plötzlich mächtigen Appetit. Es erschien ihr jedoch etwas pietätlos, so nahe bei einem gerade Verschiedenen in eine Schmalznudel zu beißen. Sie schloss die Augen, um nach dieser so unruhigen Nacht und dem ganzen Schrecken ein wenig zur Ruhe zu kommen, nickte tatsächlich ein und begann zu träumen.

Der Josef in all seiner Kraft und Männlichkeit stand vor einer großen Leinwand und malte schwungvoll und mit tropfender Farbe etwas darauf, was sie nicht sehen konnte. Sie war sein Modell, sie, eine voll erblühte Frau in all ihrer

Weiblichkeit, hatte der Josef dazu auserkoren, und sie saß ihm gegenüber, hatte ihr Mieder geöffnet und hob ihm die mächtigen Brüste entgegen. Ihre Schenkel waren ein wenig gespreizt, und sie spürte einen sanften Lufthauch über die Innenseite streicheln. Ein Glücksgefühl, weitaus stärker als beim Genuss einer Schmalznudel, durchströmte Agathe, und sie war gerade dabei, sich darin zu verlieren, als der Xaver brummte: »Schnarch ned, Agathe!«

Agathe schreckte hoch und versuchte, die dunklen Bilder der Nacht, die sofort wieder in ihr aufstiegen und so unwirklich durch ihren Kopf irrlichterten, zu verscheuchen. Sie spürte, wie ihr ein schmaler Speichelfaden über das Kinn lief, und schloss ihre Beine, die sich im Schlaf schamlos geöffnet hatten. Ein ziehender, leicht stechender Schmerz wand sich durch ihren Unterleib, und als sie im Haus zum Abort ging, sah sie die Blutflecken in ihrem Unterkleid. Kurz wurde ihr schwarz vor Augen, sie lehnte die Stirn an die Bretterwand und spürte, wie ihr die Tränen über die Wangen rannen. Jetzt, da der Josef, der schöne, stattliche Mann mit den sanften Augen, tot war, jetzt blutete sie wieder; sie war doch noch eine Frau und nicht nur ein altes, dickes Weib. Rasch ging sie in die Küche und holte sich nun endlich die Schmalznudel.

Eine halbe Stunde später erschien der Fanderl wieder. Er sah etwas besser aus, nur die Pickel auf der Nase hatten sich weiter mit Eiter gefüllt und waren kurz davor, zu platzen.

»Der Tote wird gleich geholt«, verkündete er, »aber die Rosenheimer haben selbst ein Gewaltverbrechen und können keinen Mann abstellen. Der Rosenheimer Chef, der Dreissiger, hat zu wenig Leut, sein wichtigster Mann, der Moser, ist nämlich wegen des Wahlkampfs freigestellt. Es soll jetzt einer aus München kommen.«

»A so a Schmarrn, was soll jetzt einer aus der Großstadt bei uns herunten. Des wird nix«, brummelte der Xaver vor sich hin.

Der Fanderl musterte ihn strafend.

Ein harter Tag für die alte Michelbergerin

Innerhalb einer Stunde gab es kaum noch jemanden im Dorf, der nicht über den Tod des Sachrang Bescheid wusste, und dazu hatte die uralte Michelbergerin einen Gutteil beigetragen. Trotz ihres hohen Alters, des heftigen Stechens in ihrem gekrümmten Rücken und ihrer Klumpfüße war sie unermüdlich im Ort unterwegs, um die Schreckensnachricht zu überbringen. Auch Fritz Bergleitner erfuhr es von ihr.

»Schauerlich muss er ausgeschaut haben, der Josef«, flüsterte sie. »Es heißt, es könnt was Politisches sein«, dabei musterte sie den Fritz eindringlich, »oder was aus Eifersucht. Er war ja kein Kostverächter, der Josef. Die ganzen jungen Madln und auch mit der Huberin … Aber ich will nichts gsagt haben. Nix Gwieß woas ma ja ned!«

Fritz Bergleitner fertigte die Michelbergerin so rasch ab wie möglich und wandte sich wieder dem Holz zu, das er vor seinem kleinen Haus spaltete und aufschichtete. Nachdem er alles fertig aufgestapelt hatte, setzte er sich in seine kleine Kuchl, schenkte sich ein Dünnbier und einen Schnaps ein und begann, die »Rote Fahne« zu lesen. Seit der ersten Ausgabe, die nach dem Krieg erschienen war, las er sie; der Genosse Lederer von Endorf brachte sie ihm immer vorbei.

Fritz Bergleitner war über vierzig Jahre alt und unverheiratet, und abgesehen von seinem Kriegsdienst in Frankreich und den Jahren in München während der Revolution hatte er immer in dem kleinen Ort am See gelebt. Die Bergleitners waren, auch als der Vater noch lebte, für die anderen Dorfbewohner immer nur die Häusler. Sie besaßen ein winziges Grundstück und ein noch winzigeres Haus am

Ende des Ortes, ein paar Hühner, zwei Ziegen und einen kleinen Garten, in dem sie Gemüse und Kartoffeln für den Eigenbedarf anbauten. Feldbesitz hatten die Bergleitners nicht, und der Vater Bergleitner verdingte sich zeitlebens als Knecht und half beim Schlachten und bei Ausbesserungsarbeiten auf den anderen Höfen.

Der kleine Fritz war in der Schule durch seine Wissbegierde und seine rasche Auffassungsgabe aufgefallen, und der Lehrer und der Pfarrer hatten sich dafür eingesetzt, dass er nach Prien aufs Gymnasium kam. Obwohl er wegen seiner ärmlichen, zerrissenen und manchmal auch nicht ganz sauberen Kleidung oft den Hänseleien der Klassenkameraden ausgesetzt war, hatte Fritz an diese Schulzeit nur die besten Erinnerungen. Es gab so viel zu erfahren von der Welt; es war wundervoll, wenn die komplizierten Rechenaufgaben sich in Klarheit lösten, die lateinischen Übersetzungen ihm flink von der Hand gingen und er bis tief in die Nacht hinein die Klassiker, aber auch die neuere deutsche Literatur entdeckte.

Doch als der Fritz vierzehn war, starb der Vater, und Fritz kam kurzerhand in die Lehre zum Schreiner Haflinger. Dieser verprügelte seine Lehrlinge oft und gern, und es waren Goethe und Schiller, aber auch Heine und Büchner, die dem Fritz halfen, diese Zeit zu überstehen.

Als er die Lehre abgeschlossen hatte, blieb er – er wusste selbst nicht recht, warum – weiter beim Haflinger. Der Schreiner schätzte mittlerweile, wenn er nicht gerade sturzbetrunken war, die Arbeit seines Gesellen und ließ ihm freie Hand, und so verbrachte Fritz, wenn es mal nicht so viel zu tun gab oder er sein Tagwerk zügig erledigt hatte, so einige Stunden mit seinen Büchern auf der Wiese hinter der Werkstatt.

So war es noch heute; hatte er die Arbeit des Tages erledigt, zog sich der Fritz mit seiner jeweiligen Lektüre in seine Stube oder in seinen kleinen Garten zurück.

Für die Dörfler war der Fritz ganz einfach »der Rote«, sie hielten ihn allesamt für etwas »gspinnert« und schüttelten bedenklich ihre Köpfe über seine politischen Ansichten, holten ihn aber gerne, wenn sie eine tüchtige Hilfskraft oder einen guten Schreiner brauchten.

Die Luise Meierhofer erfuhr von ihrer Freundin Annamirl vom schrecklichen Tod des Josef Sachrang. Sie harkte gerade das Unkraut im Gemüsegarten hinter dem Hof, atmete schwer dabei und wischte sich ständig den kalten Schweiß von der Stirn.

Erst seit einer Woche war sie wieder zurück im Dorf. Über zwei Monate, fast den ganzen langen, heißen Sommer über, war sie fort gewesen. Ihre Mutter, die Meierhoferbäuerin, hatte zwar überall erzählt, dass das Madl nach einer schweren Krankheit zur Erholung bei der Tante in Rottach-Egern sei, doch eigentlich wusste jeder, dass die Luise in der Irrenanstalt in Gabersee gewesen war.

Die Luise setzte sich, als Annamirl ihr die Nachricht überbracht hatte, auf die wacklige Bank am Rande des Gartens, blickte mit stumpfen Augen vor sich hin und murmelte: »Jetzt ist er tot, und ich, ich bin immer noch am Leben.«

Annamirl nahm die Hand ihrer Freundin. »Du musst wieder lachen, Luiserl, freu dich doch, vielleicht wirst du nächstes Jahr schon Braut sein.«

Die Luise jedoch wischte sich ein paar Tränen aus dem blassen Gesicht und schüttelte zweifelnd den Kopf.

Als zwei Stunden später der Leichenwagen vorfuhr, um den Toten nach Rosenheim zu überführen, standen viele der

Dorfbewohner an der Straße. Einige Frauen bekreuzigten sich, und die Männer zogen die Hüte. Der Agathe Huber wurde, als man den Sarg an ihr vorbeitrug, wieder kurz schwarz vor Augen, und sie musste sich für einen Augenblick an ihrem Mann festhalten.

»Da schauts hin«, flüsterte die Michelbergerin den neben ihr stehenden Frauen zu, »das nimmt sie arg mit.«

München, Liebe am Vormittag

Ein sanfter Windhauch bauschte die leichten weißen Vorhänge, durch die bereits hell die kräftige Vormittagssonne schien. Benedikt erwachte mit einem Ruck, und der Schreck fuhr ihm in die Glieder. Er hatte verschlafen, seit Stunden warteten sie im Amt auf ihn, und er sah das schadenfrohe Grinsen seines Kollegen Otterer schon vor sich.

Er rieb sich die Augen und blickte, noch schlaftrunken, für einen Augenblick verständnislos um sich: Er war nicht bei sich zu Hause in der Einsteinstraße, sondern lag nackt unter einer geblümten Bettdecke, die er nicht kannte, und erst als er den großen Tisch in der Ecke des Zimmers erblickte, auf dem Stoffe, Filzreste, Federn, künstliche Blumen und Strasssteine in einem chaotischen und doch ansprechend bunten Durcheinander lagen, wusste er, wo er sich befand. Ein heißes Glücksgefühl durchströmte ihn, und immer mehr Erinnerungen an die vergangene Nacht stiegen in ihm auf. Franzi! Sie hatte ihn mit zu sich genommen; sie hatten sich geliebt, heftig, zärtlich, forschend, übermütig, leidenschaftlich.

Aus dem angrenzenden Zimmer hörte er das Klappern von Geschirr und ein nicht sehr melodisches Pfeifen, und dann erschien sie, mit wirrem schwarzen Lockenhaar und schlafgeröteten Wangen, ein Handtuch nachlässig um den Körper geschlungen.

»Kaffee, Herr von Lindgruber?«, fragte sie lachend, doch Benedikt sprang aus dem Bett und rief: »Nein, nein, ich muss sofort ins Amt, es ist schon spät am Vormittag!«

»Immer pflichtbewusst, der Herr Oberkommissär«, lachte Franzi und musterte ihn in seiner Nacktheit wohlgefällig. »Mir hast du erzählt, dass du zwei Tage freihast wegen der vielen Überstunden.«

Benedikt ließ sich ins Bett und in die geblümte Bettwäsche zurückfallen.

»Stimmt ja, hab ich ganz vergessen«, rief er erleichtert, streckte die Arme nach ihr aus, zog sie zu sich herab und streifte ihr das Handtuch vom Leib.

Der dampfende, frisch gekochte Kaffee wurde kalt.

Einige Stunden später schloss Benedikt die Tür von Franzis Hutatelier hinter sich. Als sie ihm durch das kleine Schaufenster, in dem zwei Hutkreationen ausgestellt waren – eine mit einer riesigen roten Feder, die andere eher einem grünen Blütenkelch gleichend –, noch einmal eine Kusshand zuwarf, fühlte er sich so beschwingt und glücklich wie schon lange nicht mehr.

Er hatte Franzi überreden wollen, noch mit ihm im Englischen Garten einen der letzten Spätsommertage zu genießen, doch sie hatte abgelehnt. Der Hut für Frau Aschenbrenner musste fertiggestellt werden, die Kundin würde gegen Abend zur Anprobe kommen.

Benedikt beschloss, kurz zu Hause vorbeizuradeln, sich die Tageszeitung und ein Buch zu holen und dann auf eine Brotzeit am Chinesischen Turm einzukehren. Er pfiff vor sich hin, dachte an Franzis schmale Hüften, an ihre kleinen weißen Brüste mit den dunkelroten Warzen und an die Worte, die sie ihm in der Nacht ins Ohr geflüstert hatte.

Als Benedikt in seine Hofeinfahrt in der Einsteinstraße einbog – er bewohnte eine kleine Zwei-Zimmer-Wohnung im Hinterhaus –, sah er den kleinen Frieder auf der Treppe sitzen, und sofort ahnte er nichts Gutes.

Der Frieder, ein schmächtiges Männchen unbestimmten Alters, war das Faktotum des Kommissariats. Er war schon immer da gewesen, erledigte Botengänge, holte Akten, kaufte die Brotzeit und war sich auch für die Drecksarbeit an den Tatorten nicht zu schade.

Der kleine Frieder also erhob sich ächzend, ließ den kleinen Flachmann, den er immer bei sich führte, in der Jackentasche verschwinden und sagte vorwurfsvoll: »Wo waren S' denn den ganzen Tag, Herr Kommissär? Wir haben ein dringendes Amtshilfegesuch aus dem Landkreis Rosenheim. Mord, Totschlag – ist noch unklar. Schulze-Kaiser hat die Anweisung gegeben, dass Sie so schnell wie möglich hinkommen sollen.«

Schulze-Kaiser war Benedikts unmittelbarer Vorgesetzter, ihre Beziehung war sachlich, doch keineswegs von Sympathie getragen.

»Packen S' Ihr Sach zusammen, der Beppo holt Sie gleich mit dem Auto.«

Mit Wehmut an den Chiemsee

So saß Benedikt von Lindgruber eine halbe Stunde später im Amtswagen neben dem dicken Beppo, der eigentlich ein netter Kerl war, aber auch im Auto nicht von seinen dicken Zigarren lassen konnte und damit schwer die Luft verpestete. So war es auch heute, Benedikt kurbelte rasch das Fenster hinunter und atmete die frische Fahrtluft ein.

Sie fuhren durch den milden Glanz des frühen Spätsommerabends, die abgeernteten Felder hatten schon eine leicht herbstliche Tönung, und Benedikt glaubte auch an den Laubbäumen bereits eine Spur Herbstfärbung zu entdecken.

Mit gemischten Gefühlen fuhr er durch diese ihm so wohlbekannte Gegend. Er liebte das oberbayerische Voralpenland, die Landschaft und die Menschen, doch gleichzeitig ließ gerade diese Strecke hinaus in den Chiemgau sehr zwiespältige Gefühle bei ihm aufkommen.

Als hätte der Beppo seine Gemütslage erahnt, fragte er zwischen zwei tiefen Zügen aus seiner Zigarre: »Kommen Sie ned von hier aus der Gegend, Herr Oberkommissär?«

Benedikt verspürte nicht viel Lust, vor dem Beppo seine Familiengeschichte auszubreiten, er antwortete etwas kurz angebunden: »Eigentlich bin ich aus München, aber ganz hier in der Näh haben wir einen Sommersitz.«

»Respekt«, meinte der Beppo, »an Sommersitz! Da sind S' wohl im Sommer oft hier draußen.«

Wenn du wüsstest, dachte Benedikt, wollte dem dicken Beppo aber auf keinen Fall noch mehr berichten.

Sollte er ihm etwa auf die Nase binden, dass er seit nun fast fünf Jahren keinen Kontakt mehr zur Familie hatte? Dass er sich wegen seiner Berufswahl mit dem Vater überworfen hatte, der, als Benedikt ihm mitteilte, er wolle das Jurastudium an den Nagel hängen und in den Polizeidienst eintreten, getobt hatte: »Ein von Lindgruber als Polizist – nur über meine Leiche!«

Als Benedikt es dann auch noch abgelehnt hatte, die blasse und fade Rosemarie von Reitzenstein zu ehelichen, kam es zum endgültigen Bruch. Wäre die Mutter noch am Leben gewesen, hätte sich vielleicht alles anders entwickelt. Doch die Mutter war seit vielen Jahren tot, und Benedikt und seine Geschwister waren in der Obhut von Haushälterinnen und mit den unberechenbaren Launen ihres vom Leben enttäuschten Vaters aufgewachsen.

»Da sind wir!«, brummte der dicke Beppo und holte Benedikts Koffer von der Rückbank. Benedikt hatte erwartet, dass sie vor der Gendarmerie des Ortes anhalten würden, doch sie standen vor dem Gasthaus »Seeblick«, und ein blutjunger, schlaksiger Polizist, dessen Gesicht von einigen großen Pickeln bemitleidenswert entstellt wurde, eilte ihnen entgegen.

»Fanderl, Wachtmeister zur Anstellung«, sagte er und streckte Benedikt etwas unsicher die Hand entgegen.

»Lindgruber, Polizeioberkommissär«, entgegnete dieser und drückte die schweißnasse Hand des Jungen.

Gustav Fanderl stammte aus dem Ort. Er war der Sohn des bereits verstorbenen Forstrats Benno Fanderl und lebte mit seiner Mutter im Forsthäusl etwas außerhalb des Dorfes. Im Gegensatz zu seinem starken, stattlichen Vater war Gustav von klein auf ein »Grischperl« gewesen, ein überaus schmaler, dünner und kleiner Kerl.

In der Schule hatte er wegen seines mickrigen Aussehens viel Spott hinnehmen müssen, doch mit einer beachtenswerten Zähigkeit und Klugheit hatte er sich doch ein gewisses Ansehen verschafft. Als er dann auch noch zur Polizei gegangen war und im letzten Jahr den gesundheitlich stark angeschlagenen Oberwachtmeister Hofer tatkräftig unterstützt hatte, gewann er immer mehr an Respekt im Dorf, obwohl er manchmal noch wegen seiner viel zu großen Uniform belächelt wurde.

Auch die Mädchen fanden sein entwaffnendes Lächeln und seine sanfte, aber auch bestimmte Art sehr ansprechend, und die Therese Liedl mit dem ausnehmend hübschen runden Busen war kurz davor, das Einverständnis der Eltern natürlich vorausgesetzt, sich mit dem Gustav Fanderl zu verloben.

»Wir haben für Sie reserviert, erster Stock, Seeblick«, erklärte der Fanderl diensteifrig. »Darf ich Ihnen beim Abendessen die Einzelheiten des Falls vortragen?«

Das Zimmer war spartanisch schlicht, die Bettwäsche nicht geblümt, sondern verschlissen blau-weiß kariert, und eine angeschlagene Waschschüssel mit Krug stand auf einer schmalen alten Anrichte. Der Ausblick aus dem Fenster auf den abendlichen See jedoch war wundervoll. Die Sonne hing schon tief am Himmel, der See war leicht gekräuselt, die Kampenwand lag verschleiert im Abenddunst, und eines der letzten Boote von der Fraueninsel legte gerade laut tuckernd am Dampfersteg an.

Nur noch wenige Menschen stiegen aus, und Benedikts Blick blieb an zwei jungen Mädchen hängen, die auf der Bank am Steg saßen. Eine hatte so wilde dunkle Locken wie Franzi, saß aber merkwürdig gekrümmt auf der Bank, als hätte sie Schmerzen; die andere, in einem hellen Sommerdirndl und mit blonden Zöpfen, legte besorgt den Arm um sie.

Benedikt fiel ein, dass er Franzi gar nicht Bescheid gesagt hatte. Er wollte den dicken Beppo noch damit beauftragen, doch dieser war schon wieder abgefahren.

Eine halbe Stunde später saß er dem Fanderl im Nebenzimmer der Gaststätte gegenüber. Die Wirtin hatte dem Fanderl betont freundlich einen Wurstsalat und ein kleines Helles kredenzt und Benedikt deutlich mürrisch und wortlos ein Tellerfleisch und ebenfalls ein Helles hingestellt. In der Wirtsstube saßen am Stammtisch einige Männer und spielten Schafkopf. Einer von ihnen, wettergegerbt und sehnig, mit einer recht frischen Verletzung auf der Stirn, hatte bei Benedikts Eintreten so etwas wie »A Staderer, des werd wos wern« in seinen zerrupften grauen Bart gemurmelt.

In der Ecke der Gaststube fehlten Stühle und Tische, und Benedikt hatte bei seiner Ankunft den Wirt in der Gasthofeinfahrt dabei beobachtet, wie er versuchte, einen alten Holztisch, dem ein Bein fehlte, zu reparieren.

Wurstsalat kauend, ein zerschlissenes kleines Buch vor sich, erstattete der Fanderl Bericht. »Heute Morgen gegen neun Uhr ist der Xaver Lechner, Knecht auf dem Huberhof, auf der Wache erschienen und hat gemeldet, dass der Josef Sachrang tot in seinem Atelier liegt. Alles sei voll Blut. Die Hilfsmagd Helene Fischer aus Fuschl hat ihn in der Früh dort gefunden.« Diese, ergänzte der Fanderl, sei nach einem Zusammenbruch heute Mittag von ihrem Vater abgeholt worden.

Dann stockte der Fanderl ein wenig. Gegen Viertel nach neun habe er, Fanderl, den Tatort inspiziert; der Josef Sachrang sei in der Mitte des Raumes gelegen und habe eine massive, entstellende Kopfverletzung aufgewiesen.

Bei dieser Schilderung legte Fanderl seine Gabel, auf

die er eine kräftige Scheibe Regensburger und eine dicke Zwiebel gespießt hatte, wieder zurück auf den Teller und verzog angewidert das Gesicht.

»Der Doktor ist fast gleichzeitig mit mir eingetroffen, hat den Tod des Sachrang festgestellt, und wir sind uns sofort darüber klar gewesen, dass hier ein Gewaltverbrechen vorliegt. Neben dem Toten lag eine umgestürzte Malstaffelei, alles deutet auf eine heftige körperliche Auseinandersetzung hin.«

Allerdings scheine im Atelier nichts zu fehlen, und die Tür sei nicht aufgebrochen gewesen. Der Tote sei mittags in die Rechtsmedizin Rosenheim überführt worden. Eine Amtshilfe aus Rosenheim sei nicht möglich, da die Dienststelle dort überlastet sei.

»Und mein Chef, der Hofer, liegt mit seiner Lunge im Krankenhaus in Traunstein«, ergänzte der Fanderl.

Das Opfer, Josef Ludwig Sachrang, war neununddreißig Jahre alt geworden. Sachrang war unverheiratet und seit knapp drei Jahren im Ort polizeilich gemeldet, im Ausweis des Toten stand als Berufsbezeichnung »Kunstmaler«. Er stammte aus einem kleinen Ort im Niederbayerischen, wo seine Familie eine Gaststätte betrieb.

Mit noch nicht einmal siebzehn Jahren verließ er – es wurde erzählt, wegen großer Schwierigkeiten mit seinem Stiefvater – seinen Heimatort und lernte daraufhin im Malergeschäft Lobinger in Prien Dekorationsmaler. Dann wechselte er auf die Kunstakademie in München; ob er dort das Studium auch wirklich abgeschlossen hatte, war nicht bekannt. Wo er sich nach seinen Münchner Jahren aufhielt, war ebenfalls unklar. Möglicherweise war er für einige Jahre in Holland oder Belgien, wo er, so wurde gemunkelt, reiche Gönner hatte. Eine Kriegsteilnahme des

Josef Sachrang war seltsamerweise auch nicht belegt; das war umso verwunderlicher, als der Tote seit Jahren für seine flammend nationalsozialistischen Ansichten bekannt war.

Aktenkundig war der Josef Sachrang zwei Mal geworden; ein Mal vor Jahren wegen Unterschlagung eines geringfügigen Betrages aus dem Betriebsvermögen einer Firma in Bernau und zum anderen wegen des Verdachts auf Unzucht mit Minderjährigen. Die Anzeige, die eine Frau Schnatzl in München gegen ihn erstattet hatte, war allerdings nach kurzer Zeit wieder zurückgezogen worden.

»Danke für deine ausführlichen und präzisen Informationen, Gustav«, sagte Benedikt, und der Fanderl errötete leicht. »Hast du ihn gekannt, den Sachrang?«

Er glaubte, ein leichtes Zögern beim Fanderl wahrzunehmen.

»Gekannt ja, aber nicht gut, Herr Polizeioberkommissär«, antwortete er ausweichend. »Er war halt ein Künstler, obwohl … manches hat nicht so ganz zusammengepasst.«

»Das musst du mir aber jetzt erklären. Und sag bitte einfach Benedikt zu mir«, entgegnete dieser.

Der Fanderl errötete wieder und kratzte an dem Pickel auf seiner Nase.

»Ich mein halt, einerseits war er ein Künstler mit seinen vielen Bildern, mit dem ganzen Bier, Wein und der Singerei, seinen Freunderln und«, hier zögerte der Fanderl wieder, »mit die Madln eben! Aber andererseits hat er immer große Reden geschwungen von der deutschen Nation, von einem Dolchstoß hat er immer geredet und dass wir bald die Herren sein werden. Ich bin nicht so politisch, ich hab nicht alles verstanden. Dann ist er aber immer am Sonntag mit Hut und Anzug in die Frühmesse, auch wenn's in der Nacht zuvor heftig hergegangen ist. Und was er mit die

Madln gemacht hat, war nicht anständig«, ergänzte der Fanderl noch, pickte die letzten Zwiebelringe von seinem Teller und schien weiter nichts mehr erzählen zu wollen.

Sie verabredeten sich für den nächsten Morgen um acht Uhr im Atelier des Sachrang und zur Einvernahme der Leute vom Huberhof und des Knechts Xaver Lechner. Anschließend würde Benedikt nach Rosenheim in die Gerichtsmedizin fahren. Der Fanderl, der bei der Nennung der Gerichtsmedizin ganz blass geworden war, stammelte etwas von einem wichtigen Termin vor Ort, und Benedikt, dem klar war, wie sehr es dem jungen Burschen davor graute, meinte, dass er das auch allein schaffen würde.

»Ich frag mal den Xaver Lechner, ob er Sie mitnimmt«, sagte der Fanderl erleichtert, »der muss öfter mal nach Rosenheim.« Und er winkte dem Wettergegerbten mit dem struppigen Bart, der in der Schafkopfrunde saß und eindeutig nicht angetan war von einem Polizisten aus der Stadt. Der Lechner spielte seelenruhig die Runde zu Ende, erhob sich dann gemächlich und kam an den Tisch.

»Woas i jetzt noch ned, ob des geht«, brummelte er und blies Benedikt seinen Pfeifenqualm ins Gesicht. »Da muss ich erst den Bauern fragen.«

»Das ist in Ordnung, Herr Lechner, vielen Dank. Bitte halten Sie sich aber morgen früh zur Zeugenaussage zur Verfügung«, entgegnete Benedikt überhöflich. »Wo haben S' denn die Verletzung her, ist das bei der Arbeit passiert?«

Der Xaver zuckte nur die Achseln, murmelte fast unverständlich etwas von »braunem Gschwerl« und entfernte sich brummelnd.

»Habt ihr denn hier kein Polizeiauto?«, fragte Benedikt den Fanderl.

»Doch, schon«, druckste der Fanderl herum, »aber des steht schon seit Jahren hinten im Hof. Ich muss erst meinen Kraftfahrzeugschein machen, und der Hofer hat wegen seiner schrecklichen Hustenanfälle nicht mehr fahren können.«

»Aber ich kann jetzt fahren. Schau zu, dass es wieder fahrtüchtig gemacht wird«, bat ihn Benedikt.

Eine Stunde später saß Benedikt an dem kleinen, wackligen Holztisch in seiner Stube und notierte sich alles, was ihm der Fanderl erzählt hatte, ergänzte es um eigene Gedanken und Eindrücke und stellte fest, dass ihm der Kunstmaler Sachrang, hätte er ihn einmal lebend getroffen, nicht besonders sympathisch gewesen wäre. Dann legte er sich in das Bett mit der etwas säuerlich riechenden, kratzigen Bettwäsche und dachte an Franzi. Im Fasching dieses Jahres hatten sie sich beim Polizeiball kennengelernt, und Benedikt erinnerte sich mit Wohlgefallen an das knapp sitzende rote Trikot, das Franzi getragen hatte, und an die Teufelshörndl in ihrem schwarzen Lockenhaar.

Seit dem Ball, auf dem sie bis in die Morgenstunden fast ausschließlich miteinander getanzt hatten, hatten sie sich immer wieder getroffen. Sie unternahmen Ausflüge ins Isartal, waren gemeinsam im Konzert und küssten sich oft lange und leidenschaftlich vor Franzis Hutauslage, doch erst gestern hatte sie ihn mit zu sich und mit in ihr Bett genommen.

Benedikt hörte die Inselglocke noch Mitternacht schlagen, dann fiel er in einen leichten, unruhigen Schlaf.

Luise findet keinen Schlaf

Nicht weit entfernt lag die Luise Meierhofer in ihrer Kammer und wusste, dass der Schlaf diese Nacht, wie in so vielen Nächten davor, nicht kommen würde. Sie dachte an die Aussteuerbettwäsche, die sie noch mit ihrem Monogramm und mit einer feinen Kreuzstichborte zu verzieren hatte; sie dachte an die Gitterstäbe vor den Fenstern der Anstalt und an die schrillen, alles durchdringenden Schreie, die ihre Zimmernachbarn des Nachts ausgestoßen hatten. Und sie dachte an den Maler, wie er mit seinem Skizzenblock ihr gegenübergesessen hatte und wie er einmal aufgestanden war, um mit seinen sanften, warmen Händen ihren Kopf ganz leicht zur Seite zu drehen und ihr dabei den Rock übers Knie hochzuschieben. Und sie dachte an das Bild, das er von ihr gemalt hatte und das jetzt immer noch irgendwo in seinem Atelier stehen musste. Hatten der Fanderl und dieser Polizist aus München es schon entdeckt? Oder war es verschwunden? Wer hatte es mitgenommen?

Der Fanderl schlief mittlerweile fest in seiner Stube; zuvor jedoch hatte er an die Therese gedacht. Beim Gedanken an sie hatte er nicht anders gekonnt und wieder einmal an sich selbst gesündigt, obwohl der Pfarrer Grimsler doch immer sagte, dass das eine schwere Sünde sei.

»Das Wetter bleibt nimmer lang so«, meinte die Agathe Huber am nächsten Morgen. »Mein Mann spürt's immer in seine Knie.«

Die Agathe wirkte heute blass und ein wenig gehetzt. Nachdem sie Malzkaffee für Benedikt und den Fanderl auf den Tisch gestellt hatte, begab sie sich schweren Schrittes zum Brotkasten, holte einen Kanten Brot heraus und brachte ihn den beiden mit einem dicken Stück Speck.

Benedikt verspürte keinen Appetit, und auch der Fanderl langte nicht zu. Gerade waren sie drüben im Atelier gewesen, hatten den großen Blutfleck und die umgestürzte Staffelei, die fertigen und halb fertigen Bilder an den Wänden und die Skizzen auf dem Tisch gesehen. Auf dem kleinen Bücherbord neben dem Kamin standen neben kunstgeschichtlichen Werken Adolf Hitlers »Mein Kampf« und Grimms »Volk ohne Raum«. In einer Schublade darunter fanden sich Aktskizzen, zumeist von wirklich noch sehr jungen Mädchen.

Während Benedikt sich beim Anblick der Bücher ein Aufstöhnen nicht hatte verkneifen können, war der Fanderl einen Moment wie erstarrt vor einer Skizze gestanden, die ein hübsches junges Mädchen bis zur Taille darstellte. Der Ansatz ihrer schon vollen runden Brüste im locker geschnürten Mieder war sehr deutlich zu sehen.

Rasch schob er die Skizze unter die vielen anderen, die dort lagen, und wandte sich der untersten Schublade zu. Dort fanden sich in ungeordnetem Durcheinander zahlreiche Rechnungen und Mahnungen von verschiedenen Münchner und Chiemgauer Geschäften, hauptsächlich für Kleidung, Wäsche, Schmuck und für Mal- und Zeichenbedarf. Offenbar hatte der Sachrang sehr großzügig eingekauft. Die Schreiben zweier Rechtsanwälte, von denen der eine äußerst streng mahnte und der andere bereits mit entsprechender Pfändung drohte, waren ebenfalls darunter. Der Tote hatte eindeutig weit über seine Verhältnisse gelebt.

»Ja, wenn ihr nichts essen wollt«, sagte die Agathe, griff sich ein dickes Stück Speck und belegte ihr Brot damit, »mein Mann und der Xaver müssten gleich da sein!«

Die Einvernahme der drei brachte nichts wesentlich Neues; aus dem Huberbauern musste man jedes Wort einzeln herauspressen, und der Xaver Lechner war nahezu ebenso wortkarg. Alle gaben an, in der letzten Nacht nichts Auffälliges bemerkt zu haben. Einzig und allein die Agathe Huber sprach viel und gestenreich; kleine Schweißtropfen standen auf ihrem fleischigen Gesicht, in dem man die früher so hübschen Züge noch erahnen konnte. Mit schwärmerischer Stimme lobte sie den Josef über den grünen Klee, wie höflich, wie hilfsbereit und wie anteilnehmend er doch gewesen war. Der Huberbauer verdrehte bei den Worten seiner Frau die Augen und grunzte vor sich hin.

Anschließend erklärte sich der Xaver mit Zustimmung seines Herrn bereit, Benedikt nach Rosenheim zu fahren.

»Wir brauchen eh a Motoröl«, meinte der Huber, und außer einem kurz angebundenen »Pfia God« bei der Verabschiedung sprach er sonst kein Wort mehr.

So setzte sich Benedikt neben den Xaver, der dicke Tabakwolken ausstieß und zwischendurch nicht sehr appetitlich hustete, auf das Fuhrwerk, und Xaver trieb die Rösser an.

Benedikt überlegte, wie er den Knecht ein wenig zum Reden bringen könnte, und fragte, ob es den alten Wirt in Greimharting noch gebe.

»Na«, antwortete der Xaver kurz und bündig und ohne weitere Erklärung. Benedikt beschloss, ihn in Ruhe zu lassen, und dachte an die Worte seines Professors Adumeit: »Nicht in den Zeugen dringen, lassen Sie ihm Zeit! Er sollte von sich aus sprechen.«

Hinter Riedering hielt der Xaver vor einem kleinen Gasthaus an.

»Mittag«, brummte er und setzte sich im Wirtsgarten

unter einen alten Kastanienbaum. Unaufgefordert gesellte sich Benedikt zu ihm.

»Bist eingeladen, Xaver, dafür dass du mich mitgenommen hast.«

Der Xaver nickte wohlwollend, bestellte einen Schweinsbraten, und nach dessen Genuss und einer Halben wirkte er etwas zugänglicher.

Er stopfte sich seine Pfeife und meinte dann: »A falscher Fuffziger war er, der Sachrang.«

Benedikt fragte nicht nach und hoffte, dass der Xaver von sich aus Weiteres berichten würde. So war es auch, und im Großen und Ganzen war Xavers Bericht ähnlich dem des Fanderl vom Vorabend.

Zuerst erzählte der Xaver, nicht sehr wortreich, aber umso deutlicher, vom Umgang des Malers mit den Frauen.

»Ein erwachsenes Frauenzimmer muss selber wissen, was es tut, aber was er mit den jungen Madln gemacht hat, war a Sauerei. Schön hat er ihnen getan, hat ihnen alles Mögliche versprochen, dann hat er sie nackert gemalt und seinen Freunderln vorgführt! Schlimm gnug, was er mit den Weibern 'trieben hat – sogar die Agathe hat er ganz durcheinander'bracht –, aber zudem war er a Bluatsnazi. Vom deutschen Herrenmenschen hat er immer gefaselt und von der reinen Rasse, und den Juden Baumgartel aus Traunstein hat er angeschwärzt wegen angeblicher Wucherei. Das Judenpack muss ausgeschaltet werden, hat er immer gesagt. Ich wein ihm nicht nach! Ich weiß jetzt nicht, was der Herr Kommissär von die Nazis hält, ich jedenfalls brauch das Pack nicht! Da halt ich mit meiner Meinung nicht hinterm Berg.«

Und wieder hustete der Xaver unschön und spuckte einen Batzen grüngelben Schleims neben den Tisch. Benedikt bestellte noch einen Schnaps für den Xaver, dann setzten sie ihren Weg fort und kamen am frühen Nachmittag in der Kreisstadt Rosenheim an.

In der Gerichtsmedizin wurde Benedikt bereits vom Oberregierungsrat Dreissiger und dem Gerichtsmediziner erwartet. Durch die Oberlichte des Leichenschauraums strahlte die Mittagssonne auf den Zinktisch, wo der Tote lag.

Selbst im Tod wirkte der Josef Sachrang stattlich und gesund. Trotz der schweren Kopfverletzungen erkannte man noch sein männlich-kantiges Gesicht mit einem markanten Kinn, das volle dunkle Haar war blutverklebt. Er besaß einen kräftigen, muskulösen Körper ohne ein Gramm Fett, und allein das Glied des Toten, auf das Benedikt nur einen ganz kurzen Blick warf, stand im Gegensatz zu dieser Stattlichkeit. Es war klein und zierlich, fast wie das eines Buben.

Der Gerichtsmediziner bestätigte den Eintritt des Todes in den frühen Morgenstunden, hervorgerufen durch mehrere kräftige Schläge auf die rechte Kopfhälfte. Im Gehirn des Toten, soweit es nicht ausgetreten war, und in der Augenhöhle waren Holzfasern gefunden worden; Benedikt mutmaßte sofort, dass der fehlende Fuß der zerstörten Staffelei, die man neben dem Leichnam gefunden hatte, das Tatwerkzeug gewesen war. Zudem wies der ganze Körper des Toten Blutergüsse auf, die offensichtlich von einer heftigen körperlichen Auseinandersetzung kurz vor Todeseintritt herrührten.

Eine Schlägerei also, dachte Benedikt bei sich.

Schließlich breitete der Arzt das weiße Laken wieder über den Toten, und Oberregierungsrat Dreissiger nahm Benedikt mit in sein Büro. Dort erging er sich wortreich über die desolate Personalsituation in seinem Amt und teilte Benedikt mit, dass er die Angehörigen des Toten bereits habe informieren lassen. Dann plauderte er jovial über die guten Beziehungen, die er nach München habe – schließlich sei er Korpsbruder von Benedikts Chef Schulze-Kaiser.

Gerade als er sich endlich dem Ende seines Redeflusses zu nähern schien, wurde die Tür aufgerissen, und ein enorm dicker, wuchtiger Mann in Parteiuniform, gefolgt von einem kleinen, ebenso dicken und kurzbeinigen Dackel, betrat den Raum.

Benedikt fiel auf, dass der Kragen der äußerst eng sitzenden, sonst jedoch tadellosen Uniform irgendwie unordentlich wirkte. Neben dem obligatorischen Parteiabzeichen steckte dort nicht ganz passend eine billige Enzianblüte aus Blech, wie es sie in jedem Andenkengeschäft um die Kampenwand herum zu kaufen gab.

Der Dicke, dessen Gesicht eine ungesunde Röte aufwies, schnaufte hörbar und rief theatralisch: »Es ist eine Tragödie! Was für ein Verlust für die Bewegung und für die Kunstwelt! Ich habe gerade erst erfahren, dass der arme Josef dahingemeuchelt wurde.«

Dann beugte er sich zu dem nicht von seiner Seite weichenden kleinen Dackel hinunter und streichelte ihm zärtlich den breiten, feisten Rücken.

»Platz, Fritzili, Platz. Tu schön hinsetzen! Gleich kriegst a Wursterl.«

Dreissiger trat dienernd auf den Eingetretenen zu, schüttelte ihm die Hand und stellte ihn dann Benedikt vor. »Oberkommissär Moser, unser bester Mann, doch derzeit in höherer Sache unterwegs.«

»Ja«, rief der Moser, als stünde er auf einer Theaterbühne, »ich bin wahlkämpferisch unterwegs, und mein größtes Anliegen ist es, die Ideen der Bewegung und unseres Führers weiter ins Land hinauszutragen.«

Benedikt war kein Freund der Bewegung, im Gegenteil, er verabscheute sie, und sie machte ihm Angst. Im Amt hatte er so einige Kollegen, die nun unverhohlen ihre braune Gesinnung zeigten. Auch im Straßenbild Münchens, in den Bierkellern und Gaststätten und auch im Münchner Stadtrat waren die Nationalsozialisten mittlerweile bestens vertreten.

»Die hocken bald überall und auch ganz vorne dran«, meinte sein Kollege Otterer, ein bekennender alter Sozialdemokrat, voller Pessimismus.

Benedikt konnte sich beim besten Willen nicht vorstellen, dass Leute mit gesundem Menschenverstand diese braune Bagage gutheißen, geschweige denn wählen konnten. Er beschloss, auf die Ausführungen des Moser überhaupt nicht einzugehen, und verharrte in Stillschweigen.

»Kommen Sie doch, lieber Kollege, morgen zu meinem Auftritt nach Bernau. Dort soll auch das zukunftsweisende Projekt der Reichsautobahn, die der Führer in unserem geliebten Heimatland plant, zur Sprache kommen«, rief der Moser geradezu marktschreierisch.

Sein Blick jedoch war unstet und gehetzt, und er wischte sich, obwohl es im Büro des Dreissiger eher kühl war, den Schweiß von der Stirn.

»Ich bin in Ermittlungssachen hier und habe keine Zeit für derlei Unternehmungen«, antwortete Benedikt knapp, grüßte beide Herren kurz und verließ das Zimmer.

Beim Hinausgehen hörte er noch, wie der Moser den Dreissiger fragte: »Ist das dieser adlige Trottel aus München?«

Ein heftiges Septembergewitter

In einmütigem Schweigen fuhr Benedikt mit dem Xaver wieder zurück; dass der Xaver ein wenig Zutrauen zu ihm gefasst hatte, bemerkte er auch daran, dass ihm dieser zweimal etwas aus seiner Schnupftabakdose anbot.

Kurz vor dem Ort stand ein Mädchen mit blonden Zöpfen, einen großen Korb am Arm, am Wegesrand und winkte.

»Nimmst mich mit bis in den Ort, Xaver?«, fragte sie. »Die Marie hat mir so viel Äpfel mitgegeben, ich kann's kaum schleppen.«

Als sie auf das Fuhrwerk kletterte, erkannte Benedikt sie. Sie war das Mädchen mit den blonden Zöpfen vom Dampfersteg, das seine Freundin so fürsorglich umarmt hatte.

»'s Annamirl, Tochter vom Schmied«, stellte der Xaver sie vor, und die Blondzöpfige musterte Benedikt ehrfürchtig.

»Sind Sie der Polizist aus München?«

Benedikt, wieder die Adumeit'schen Regeln beachtend, nickte freundlich und wartete ab.

Das Annamirl biss in einen Apfel und sagte dann nach einiger Zeit mit fester Stimme: »Ich bet kein Rosenkranz für den Maler. Wegen der Luise.«

Dann jedoch waren sie schon vor dem Schmiedhäusl angekommen, und sie sprang ab und winkte dankend.

»Was war das mit der Luise?«, fragte Benedikt den Xaver. Doch dieser zuckte die Achseln, und fast so einsilbig wie am Morgen meinte er nur: »Weibersach.«

Der Abendhimmel war mittlerweile bedeckt, und hinter Seebruck türmten sich schon ein paar dunkle Gewitterwolken.

»Da kommt noch was heut«, sagte der Xaver, als sie vor dem Gasthaus vorfuhren. »D' Gwitter im September können auch noch sehr heftig werden. Da hilft nur, d' Wetterkerzen anzünden.«

Der Xaver hatte recht gehabt; eine Stunde später zuckten heftige Blitze über den See, laute Donnerschläge folgten, kurze Zeit später war es stockfinster, und der Regen prasselte an Benedikts Fensterscheiben. Er beschloss, einen Brief an Franzi zu schreiben.

»Meine liebe Franzi«, begann er, verwarf das dann als zu unpersönlich und begann einen neuen Briefbogen mit »Meine Geliebte«. Das wiederum fand er irgendwie zu schwülstig, und so schrieb er auf das dritte Blatt »Mein liebstes Madl«. Das gefiel ihm nach längerem Überlegen auch nicht. Sein Kopf sank auf die Tischplatte, der Federhalter glitt ihm aus der Hand; und schon war er eingeschlafen.

Fritz Bergleitners Augen schmerzten. Beim Licht einer trüben Funzel hatte er viel zu lange gelesen. Dass draußen ein Unwetter vorbeigezogen war, hatte er kaum bemerkt. Immer wenn er etwas vom Oskar Maria Graf las, vergaß er die Welt um sich. Denn der Oskar schrieb dem Fritz aus dem Herzen.

Das ist einer von uns, der weiß, wie wir denken und fühlen, dachte sich der Fritz jedes Mal. Mit dem Oskar war er zu Revolutionszeiten sogar einmal an einem Wirtshaustisch in München gesessen, er hatte es nur nicht gewusst. Erst später hatte ihm der Georg erzählt, dass der dickschädelige, trinkfeste Kerl mit dem polternden Lachen der Oskar aus Berg am Starnberger See gewesen sei. Für einen kurzen schmerzlichen Augenblick sah Fritz Bergleitner den Zimmermann Georg vor sich, sein schmales Gesicht mit den schwarzen Augen und die kleine, athletische Gestalt. Denn es waren nicht so sehr die Großstadt und die Revolution, sondern die Liebe zum Georg gewesen, die den Fritz nach München gebracht hatte. Nur einmal in seinem Leben – und das war beim Georg gewesen – hatte er die wirkliche, wahre Liebe gespürt.

Fritz bedauerte es sehr, dass er sich damals mit dem Oskar Maria Graf nicht unterhalten hatte. Der hatte den Sprung geschafft hinaus aus der kleinen Dorfwelt in die Großstadt, ins Schriftsteller- und ins Revoluzzerleben. Er, Fritz, hatte nur ein paar wenige Jahre Großstadtluft geatmet, seine Beteiligung an der Räterevolution in München war nur eine unerhebliche gewesen und hatte unschöne Folgen für ihn gehabt. Er besaß nicht die Kraft und Persönlichkeit eines Oskar Maria Graf, und als die Mutter im Sterben lag, hatte er München und seine große Liebe Georg zurückgelassen und war zurückgekehrt in sein früheres Dorfleben.

Doch eines hatte der Fritz mitgebracht aus seinen Kriegsjahren in Frankreich und den Revolutionsjahren in München, und an dieser Auffassung hielt er unverbrüchlich fest: Die Welt war eine ungerechte, das musste geändert werden, und der Krieg war Teufelswerk und musste dem Weltfrieden weichen. Rückschläge auf dem Weg dahin gab es viele; doch man durfte nicht aufhören, daran zu glauben und dafür zu kämpfen.

Mit großem Unwillen verfolgte Fritz Bergleitner die politische Entwicklung in den letzten Jahren, und er verabscheute wie seine Freunde und Genossen die Nationalsozialisten und ihre Anhänger. So war der Fritz seit seiner Rückkehr aus München damals für die Dörfler »der Rote«, und er fuhr alle zwei Wochen nach Rosenheim zu den Treffen der KPD Kreisgruppe, die zumeist privat statt fanden. Es waren ihrer nicht viele im Chiemgau, und sie hatten oft mit Schwierigkeiten zu kämpfen, doch sie hielten fest zusammen, und solch braune Gesellen wie den Maler Sachrang und den dicken Emporkömmling Karl Moser aus Rosenheim hatten sie fest im Auge und beobachteten sie genau.

Derweil saß Philomena Moser wie so oft des Abends allein in ihrer geräumigen Wohnstube in Rosenheim und stickte. Ihr Karl war von sieben Abenden in der Woche meist sechs unterwegs, und war er dann wirklich einmal zu Hause, lag er schnarchend auf dem Canapé. Anfangs hatte sie ihn noch gefragt, ob er sie nicht manchmal mitnehmen wolle zu seinen Versammlungen, doch er hatte nur mitleidig gelächelt. Dieser Hitler war der Philomena ein wenig unheimlich, aber die schneidigen Uniformen, der zackige Gruß und vor allem die Anerkennung, die ihrem Karl, seit er so ein wichtiges Parteimitglied war, nun zuteilwurde, gefielen ihr sehr. Schließlich hatte er sich zäh und geduldig dorthin hochgearbeitet.

Karl Moser stammte aus kleinen Verhältnissen; sein Vater hatte einen winzigen Kramerladen in Prien betrieben, war jedoch ein äußerst unfähiger Geschäftsmann, der das Geld nicht beisammenhalten konnte. Als Karl acht und seine Schwester Evi sechs Jahre alt waren, stand das kleine Geschäft vor dem Ruin, und der Vater entschwand mit einer Sommerfrischlerin aus dem Ruhrgebiet auf Nimmerwiedersehen. Frau Moser und ihre beiden Kinder blieben mit den Schulden zurück.

Die Mutter hielt die kleine Familie mit Putzarbeit und als Küchenaushilfe über Wasser; doch nie war genügend Geld da, und schließlich mussten sie umziehen in eine der Armenwohnungen, die von der Gemeinde zur Verfügung gestellt wurden.

In dieser Zeit hatte sich der junge Karl geschworen, einmal etwas Besseres und vor allem ein wohlhabender Mann zu werden. Doch es war ihm lange Zeit nicht gelungen. Nie hielt er es in einer Lehrstelle lange aus, und der Tod seiner Schwester Evi warf ihn schließlich völlig aus der Bahn.

Seine Rettung war der Krieg, den er wie viele junge Männer in dieser Zeit voller Begeisterung und Patriotismus begrüßte. Sofort meldete er sich freiwillig, und raue Kameradschaft, Schützengräben, Zigaretten und Schnaps wurden nun seine Welt. Er hatte seinen Platz gefunden. Nach dem Krieg trat er, ohne abgeschlossene Schul- und Berufsausbildung, einem Freikorps bei und kämpfte rücksichtslos und mit einer nicht unerheblichen Brutalität gegen alle, die sich nicht in sein Weltbild einfügten. Als einer der Ersten schloss er sich der neu gegründeten NSDAP in Rosenheim an, erwies sich als glänzender Redner und Agitator und wurde Mitte der zwanziger Jahre vom Vorgänger des jetzigen Polizeichefs Dreissiger in den Polizeidienst übernommen. Dort stieg er als hart durchgreifender, kompromissloser Polizist mit eindeutig völkischer Gesinnung unaufhaltsam die Karriereleiter nach oben.

Philomena seufzte und rief sich zu Vernunft und Einsicht. Dass ihr Karl als Politiker und mittlerweile über die Stadtgrenzen bekannter Mann nur mehr wenig Zeit für seine Ehefrau hatte, musste sie hinnehmen. Sie konnte sich nicht mehr daran erinnern, wann er ihr das letzte Mal beigewohnt hatte. War es vor drei Jahren nach der Maifeier gewesen oder vielleicht noch einmal nach der Hochzeit ihrer Schwester? Sie wusste es nicht mehr. Sehr oft hatte der eheliche Beischlaf eh nicht stattgefunden, und bald würde es bei ihr für eine Schwangerschaft zu spät sein.

Philomena fragte sich jedoch schon, wie der Karl denn

die Bedürfnisse, die jedes Mannsbild doch einfach hatte, so wegstecken konnte. Schon lange plagten sie Ahnungen, die nicht gut waren und die sie bis jetzt verdrängt hatte. Doch seit einigen Wochen kreisten die Gedanken an die Manneskraft ihres Karl nahezu unentwegt in ihrem Kopf, denn sie hatte ein paar Dinge herausgefunden, die ihr gar nicht gefielen.

Zunächst einmal hatte sie mehrfach in der Wäsche ihres Mannes ganz eindeutige Spuren entdeckt, und als lang verheiratete Frau mit einer gewissen Erfahrung wusste sie, worum es sich da handelte. Dass aber mehr als einmal unschöne Blutschmierer am Hemd und auch an seiner Wäsche waren, machte ihr Angst. Zudem hatte sie den Karl und den Sachrang einmal belauscht, als diese zigarrenrauchend im Garten saßen.

»Die ist ganz frisch und unschuldig, aber sie möcht alles wissen, alles!«, hatte der Sachrang gesagt, und ihr Karl hatte dazu nur schmatzende, grunzende Laute von sich gegeben, als würde er gerade einen knusprigen Schweinebraten verzehren.

Während Philomena Moser zu Hause sinnend über ihrer Stickarbeit saß, torkelte ihr Mann Karl, gefolgt vom kurzbeinig hoppelnden Fritzili, aus dem Gasthaus »Sonne« und fühlte sich schlecht. Er steuerte die nächste Toreinfahrt an, um dort sein Wasser abzuschlagen, doch bevor er sie erreicht hatte, wurde ihm übel, und er erbrach die vier Maß Bier, die er schnell getrunken, und auch das Ripperl mit Kraut, das ihm eh nicht geschmeckt hatte. Er würgte sich die Seele aus dem Leib, schaffte es nicht mehr, den Hosenlatz zu öffnen, und nässte sich ein. Schwer atmend ließ er sich auf einem Treppenabsatz nieder, fühlte sich elend und schwach und wischte sich den Schweiß von der Stirn. Dann begann er zu frösteln, die Zähne schlugen aufeinander, und sein Herz raste. Der Dackel drängte sich winselnd an ihn und leckte ihm mit seiner rauen Zunge über die kalte Hand.

Moser schloss die Augen, öffnete sie jedoch schnell wieder, denn die dunklen Schatten, die er da sah, wollte er nicht sehen, und die Schreie, die da plötzlich in seinen Ohren gellten, wollte er nicht hören. Er erhob sich schwankend, wischte sich das Erbrochene von der Hemdbrust und rückte sich die feuchte Hose zurecht. Er durfte sich jetzt keine Schwäche erlauben; er war mitten im Wahlkampf, und wenn alles gut ging, würde er in wenigen Wochen Kreisleiter sein.

Steifbeinig und langsam ging er in Richtung seines Hauses; die Philomena, die sicher wieder bei ihrer blöden Stickerei saß, sollte ihm einen starken Kaffee und dazu ein gescheites Butterbrot machen. Er hoffte nur, dass sie ihn ansonsten in Ruhe ließ und nicht wieder ihren dicken Busen an ihn drängte.

Angewidert schüttelte er sich. Das Gehen an der frischen Luft tat ihm gut, er fühlte sich etwas besser, setzte sich, bevor er ins Haus trat, noch auf die Bank neben dem Eingang und schloss die Augen. Fritzili ließ sich seufzend und hechelnd zu seinen Füßen nieder.

Plötzlich saß die Evi neben dem Moser, klein und zierlich mit ihren blonden Locken, und blickte ihn mit ihren blauen Kinderaugen lachend an.

»Du bist mein lieber Karlibruder«, sagte sie, hob den schmalen Arm und strich ihm zärtlich über das Gesicht.

Eine Welle des Glücks und der Geborgenheit durchflutete Karl, doch gerade als er sie in seine Arme nehmen und sie nur um einen einzigen Kuss bitten wollte, weiteten sich schreckerfüllt ihre Augen. Ihr Gesicht wurde fahl und grünlich, das Haar klebte an ihrem Kopf, und das nasse weiße Hemd war so weit aufgerissen, dass man ihre kleinen knospenden Brüste ganz genau sehen konnte. Hilfesuchend streckte sie die Arme aus, Wasser gurgelte, und ihr Mund öffnete sich zum Schrei. Dann versank sie im See, und Karl sah wie gelähmt zu, wie sie unterging.

Er schreckte aus seiner Erinnerung hoch, spürte, wie ihm Tränen über das Gesicht liefen, wischte sie mit dem Handrücken weg und betrat sein Haus. Gleich morgen wollte er mit Fritzili zum Friedhof und die Evi dort besuchen.

»Evamaria Moser, 1896–1909, der See hat sie uns genommen«, stand auf ihrem Grabstein, und er, Karl Moser, er konnte doch nichts dafür.

Zu viel Bier

Der Stefan Riedinger tauchte seinen schmerzenden Kopf in das eiskalte Wasser des Hofbrunnens und fluchte vor sich hin. Wieder einmal hatte er am gestrigen Abend zu tief ins Glas geschaut; wie er nach Hause und in sein Bett gekommen war, wusste er beim besten Willen nicht mehr. Angefangen hatte es ja recht lustig; mit ein paar Burschen aus dem Ort waren sie von einer Wirtschaft in die nächste gezogen, hatten kräftig gegessen, getrunken, gesungen und ein wenig fingergehakelt, doch bei der letzten Einkehr war die Stimmung plötzlich umgeschlagen. Wie bei solchen Zusammenkünften üblich wurde natürlich auch mit den Erfolgen bei den Weibern geprahlt. Als jedoch der schon stark angetrunkene Toni dem Stefan auf die Schulter geklopft und gemeint hatte, dass er sich zusätzlich zu seiner Verlobten, diesem »Malerliebchen«, das ja wohl nicht mehr ganz richtig im Kopf sei, doch noch eine Resche, Willige und Heißblütige suchen solle, um auf seine Kosten zu kommen, da war der Stefan ausgerastet. Er konnte sich nur noch schwach an eine Menge Blut auf Tonis Hemdbrust erinnern, ab da setzte seine Erinnerung aus.

»Kruzitürkn, Scheißdreck, verfluchter«, schimpfte er vor sich hin und hielt sich den dröhnenden Schädel. Als er anschließend in der Stube saß und die Mutter ihm mit missbilligendem Blick und kopfschüttelnd einen Becher Milch und eine Semmel hinstellte, verfluchte er den Tag, an dem er sich mit der Luise Meierhofer verlobt hatte.

Freilich, es war der Wunsch der Eltern gewesen, doch der Stefan und die Luise waren gleich gut miteinander zurechtgekommen. Die Luise mit ihren dunklen Locken, dem feinen Gesicht mit der vielleicht etwas zu großen Nase und mit ihrer ansprechenden schlanken Figur war eine Hübsche und gefiel dem Stefan gut. Sie war eine fröhliche, lebenslustige Person, die gern lachte und tanzte, aber auch zupacken konnte und sicher eine gute Bäuerin auf dem großen Riedingerhof werden würde. Das hatten der Stefan und seine Familie jedenfalls bis vor ein paar Monaten geglaubt, und der Stefan erinnerte sich gern an die süßen, leidenschaftlichen Küsse, die er seinerzeit mit der Luise hinter der Scheune getauscht hatte. Eigentlich hätten bald für sie beide die Hochzeitsglocken läuten sollen, doch dann war alles anders gekommen.

Es dauerte ein wenig, bis dem Stefan auffiel, dass sich die Luise irgendwie verändert hatte. Ihre Treffen wurden seltener, oft schützte die Luise die viele Arbeit auf dem elterlichen Hof und die Vorbereitung der Aussteuer vor, oder sie kam zur verabredeten Zeit einfach nicht. Wenn sie dann doch einmal Zeit hatte, wirkte sie entweder geistesabwesend und sehr zurückhaltend, oder sie überfiel den Stefan mit einer Leidenschaft, die ihm peinlich und geradezu unheimlich war. Lange glaubte er, dass sich das wieder legen würde, und dachte an den Ausspruch seines Vaters, dass man bei den Weibern doch eh nie wisse, woran man sei.

Eines Tages nahm ihn dann sein Bruder Peter zur Seite und erzählte ihm, dass die Luise wohl manchmal zu diesem Maler gehe, der im Huberhofanbau wohnte.

»Ich sag's dir lieber gleich, bevor's im Dorf die Runde macht, du weißt doch, wie schnell die Leut reden«, meinte der Peter.

Beim nächsten Treffen sprach Stefan die Luise auf den Maler und ihre Besuche dort an. Sie lachte etwas zu rasch und zu laut auf und meinte, dass der Stefan doch wohl nichts dagegen habe, wenn der Sachrang ein Porträt von ihr anfertigen würde. Sie habe den Maler auch schon gefragt, ob er nicht ein Doppelporträt von ihnen beiden als Brautpaar machen wolle, und der würde es sich überlegen. Stefan war nicht ganz glücklich mit dieser Auskunft.

Ein paar Tage später traf er dann ihren Bruder Ludwig zufällig im Holz, und dieser klagte darüber, dass die Luise zu Hause ihre Arbeit nicht mehr zuverlässig mache, dass sie durch den Tag traumwandle und er sich Sorgen um sie mache. Stefan mochte den Ludwig gerne. Manchmal erschien er ihm ein wenig zu ernsthaft, nie beteiligte er sich an den Unternehmungen der anderen Dorfburschen, doch er war ein Tüchtiger und hatte nach dem plötzlichen Tod des Vaters den Hof ganz schnell übernehmen müssen.

Nach dieser Unterredung mit dem Ludwig beschloss Stefan, der Luise noch einmal ins Gewissen zu reden und ihr notfalls als ihr künftiger Angetrauter die Besuche beim Sachrang zu verbieten. Dazu kam es nicht mehr.

In der Woche darauf erschien eines Morgens zu früher Stunde die Meierhoferin und teilte mit, dass die Luise nach einem schrecklichen Anfall – sie habe die ganze Nacht geweint, geschrien, geklagt und den Kopf gegen die Wand geschlagen – ins Spital gebracht werden musste. Stefan wollte sich gleich auf den Weg machen, doch die Meierhoferin meinte, dass Besuch im Moment nicht gut für das Mädchen und das Ganze wohl mehr eine »Frauensach« sei. Ein paar Tage später berichtete die Riedingerbäuerin, dass die Luise vom Spital nach Gabersee ins Irrenhaus gebracht worden war.

»Da wird jetzt nicht drüber geredet, wir müssen abwarten«, meinte der Vater sehr bestimmt am Abend. »Da mischn wir uns nicht ein. Man wird sehen, ob noch was wird aus der Hochzeit.«

Natürlich machte sich der Stefan Sorgen um die Luise, und irgendwie hatte er das Gefühl, dass alles in Zusammenhang mit diesem Sachrang stand. Doch sowohl die Meierhofers als auch die Riedingers sprachen nicht mehr über die ganze Angelegenheit, und so hielt sich auch der Stefan daran.

Manchmal glaubte er bei einem Gang durch den Ort, mitleidige Blicke im Rücken zu spüren, und überlegte, ob er diesen Sachrang, den er nur flüchtig aus der Wirtschaft kannte und dessen hochtrabende Reden er noch nie hatte leiden können, einmal aufsuchen und ihm gehörig die Meinung sagen sollte.

Die nackte Agnes

Während der Stefan Riedinger noch seinen Bierschädel auskurierte, waren Benedikt und der Fanderl bereits tätig. Der Fanderl hatte eine Liste erstellt mit allen Freunden und Bekannten des Sachrang, männlichen wie weiblichen, und sie machten sich an die Arbeit.

Da, als sie den »Seeblick« verließen, der kleine Dampfer hinüber zur Fraueninsel gerade dabei war, abzulegen, sprangen sie noch rasch auf und fuhren hinüber auf die Insel.

»Wahrscheinlich schlaft er noch, der Inselfranz«, meinte der Fanderl, doch er täuschte sich. Der Franz stand trotz des frischen Morgens nur mit der Lederhose bekleidet und mit nacktem Oberkörper in seinem Garten und malte. Benedikt und der Fanderl fragten sich bald, ob der Franz überhaupt schon im Bett gewesen war – aber wenn, dann wohl nicht zum Schlafen. Der Franz roch kräftig nach Bier und Schnaps und malte eine sich auf einer Decke im Garten räkelnde üppige weißhäutige Schönheit, die nur einen Sonnenhut trug. Der Fanderl errötete und wusste nicht, wo er hinschauen sollte.

»Des is a schlimme Sach mit dem Josef. Das lasst mir keine Ruh«, erklärte der Franz. Der Josef und er kannten sich seit der Kunstakademie in München, hatten sich zwischendurch aus den Augen verloren und am Chiemsee wiedergetroffen. Auf die Frage, ob er denn wisse, was der Sachrang in der Zwischenzeit gemacht habe, zuckte der Franz die Schultern.

»Der war plötzlich weg aus München. Soweit ich weiß, hat er da so einen reichen belgischen Fürsten kennengelernt. Bei dem hat er gewohnt und Auftragsarbeiten gemacht. Porträts, Landschaft und schöne Kinder, der Fürst hatte da so einen Hang dazu.« Und bei diesen letzten Worten zwinkerte der Franz vielsagend. »Der Fürst hat auch dafür gesorgt, dass der Josef für kriegsuntauglich erklärt wurde«, fuhr er fort. »Damals war er froh drüber, später hat er sich gschamt dafür, und niemand hat's wissen dürfen.«

»Waren Sie denn öfter beim Herrn Sachrang zu Besuch, auch bei den geselligen Zusammenkünften?«, fragte Benedikt.

»Zwei Mal war ich da«, antwortete der Franz. »Aber dann bin ich nicht mehr hingegangen. Erstens mal mag ich richtige Weiber lieber als so halbe Kinder, und außerdem waren da in letzter Zeit immer mehr Herren von der Bewegung dabei. Der Josef war ein guter Kollege von mir, und wir haben uns künstlerisch ausgetauscht, aber ansonsten – na, das ist nicht meine Welt.«

Dann nahm er einen tiefen Schluck aus der Bierflasche, wischte sich mit dem Handrücken kräftig über den Mund und rief: »Agnes, kommst wieder, mach ma weiter!«

Agnes, immer noch im Evakostüm, kam angeschlendert, ihre üppigen Brüste schaukelten, und Fanderls Wangen glühten noch heftiger als zuvor.

Die Befragung weiterer Künstlerfreunde des Verstorbenen brachte nichts Neues; alle äußerten sich ähnlich wie der Franz. Ganz interessant war noch der Bericht der jungen Bedienung Irmi vom Inselwirt, die auch ein paarmal zu den Besucherinnen der sogenannten geselligen Abende des Sachrang gezählt hatte. Sie erzählte, dass sie und andere Mädchen ziemlich grob zu Zärtlichkeiten mit den anwesenden Herren gezwungen wurden und dass sich dabei die Herren von der Partei ganz besonders hervorgetan hätten.

»Der Sachrang hat nichts getan, der hat immer nur zugeschaut und sich die Lippen geleckt. Ich bin dann nicht mehr hingegangen, der Chef hat's mir dann auch verboten«, berichtete die Irmi etwas verlegen.

»Der war einfach ein Schwein«, sagte der Fanderl bei der Rückfahrt zum Ort, und Benedikt wunderte sich über die Vehemenz, mit der der sonst so ruhige und besonnene Fanderl dies sagte.

Als sie noch beim Huberhof vorbeischauten, saß dort in der Kuchl bei der Agathe die Schwester des Verstorbenen und trank Kaffee. Sie machte keinen besonders trauernden Eindruck, fragte sehr direkt nach Geld oder Wertgegenständen, die sie dann doch gleich mitnehmen könne, und erzählte stolz, dass ihr der Moser in Rosenheim für den Josef ein repräsentatives Begräbnis mit allen Ehren zugesichert hätte. Seit der Josef vor über zwanzig Jahren von daheim fort sei, habe sie ihn kaum mehr gesehen.

»Er hat sich nicht mit dem Stiefvater verstanden. Es gab ständig Streit.« Der Josef sei immer schon ein schwieriger Mensch gewesen und habe sich zu Höherem berufen gefühlt.

Da die Schmalznudeln und der Kaffee bei der Agathe wirklich sehr gut schmeckten, blieben Benedikt und der Fanderl noch sitzen, nachdem die Schwester gegangen war.

»In welcher Beziehung standen Sie zum Verstorbenen? Erzählen Sie uns doch noch ein wenig von ihm«, fragte Benedikt die Agathe.

»Was meinen S' denn mit Beziehung? Ich war seine Wirtin. Obwohl …«, Agathe seufzte leise, und ihr eh schon gerötetes Gesicht wurde noch röter, »er wollt mich ja immer malen, der Josef, er hat gesagt, dass er meine Haut, mein Haar und meine Figur so schön und weiblich findet. Doch das hab ich ihm natürlich untersagt, schließlich bin ich eine anständige verheiratete Frau.«

Der Fanderl hüstelte, grinste in sich hinein und schubste Benedikt ganz leicht von der Seite an.

»Haben Sie jemals an den geselligen Zusammenkünften beim Josef Sachrang teilgenommen?«, fragte Benedikt weiter.

Agathes Gesicht wurde puterrot, sie biss in eine Nudel und leckte sich den Puderzucker von den Lippen.

»Gott bewahre«, antwortete sie. »Das waren Künstlertreffen, was hätt jetzt ich dabei verloren!«

»Und die jungen Damen, die dabei waren?«, fragte Benedikt unbeirrt weiter.

»Davon weiß ich nichts«, antwortete die Agathe mit einer plötzlich etwas unsicheren Stimme, zögerte dann jedoch und meinte: »Die Luise Meierhofer, die ist manchmal, nachdem sie bei der Kreszenz oben war, bei ihm vorbei. Sie hat erzählt, dass sie ein Bild von sich für ihren Verlobten malen lässt. Na ja, nix Gwieß woas ma da ja ned. Ein schludriges Geschöpf, die Luise, ohne Anstand, nie hat sie bei der Kreszenz unterm Schrank gefegt, und die Bettpfanne war auch –«

»Danke, Frau Huber«, unterbrach Benedikt sie, und Fanderl und er machten sich auf den Weg.

Die Agathe blieb zurück und konnte nicht anders, als die übrig gebliebenen Schmalznudeln mit erstaunlicher Geschwindigkeit aufzuessen. Doch seltsamerweise schmeckten sie ihr plötzlich nicht mehr; schwer lagen sie ihr im Magen, Übelkeit stieg in ihr auf, und sie überlegte, ob sie sich nicht etwas von ihrem Selbstgebrannten einschenken sollte.

Natürlich hatte sie das Bild von der Luise gesehen, das nur halb verborgen für einige Zeit an der Atelierwand gelehnt hatte, und es war beileibe kein Bild für den Verlobten gewesen. Ob sie es gestern in der Aufregung einfach nicht wahrgenommen hatte oder ob es verschwunden war, konnte sie beim besten Willen nicht sagen. Dann versuchte sie die Erinnerungen an den Sachrang, an seine sanften Augen, seine Daumenkuppe, aber auch an den Spott in seiner Stimme und das Geringschätzige in seinem Blick zu verscheuchen, und trotz der Wärme in ihrer Küche fröstelte sie plötzlich.

»Wir müssen mit der Luise sprechen«, überlegte Benedikt.

»Des wird schwer werden, ihre Mutter wacht wie ein Zerberus über sie«, entgegnete der Fanderl.

»Ich versuch es jetzt einfach mal«, sagte Benedikt. »Du kannst in der Zwischenzeit den Bericht schreiben.«

Benedikt hatte die in gestochener Schrift verfassten, ordentlichen und einwandfreien Berichte des Fanderl mittlerweile schon kennen- und schätzen gelernt und war froh, dass er diese Aufgabe nicht übernehmen musste.

Die Verzweiflung der Meierhoferin und die Saalschlacht

Das Meierhoferanwesen lag ein Stück oberhalb des Huberhofs und war bei Weitem nicht so groß wie dieser. Als Benedikt sich dem Haus näherte, sah er, wie sich an einem der Fenster der Vorhang bewegte, und er nahm ein Gesicht unter schwarzen Locken wahr, das aber sofort wieder im Dunkel der Stube verschwand.

Kaum hatte er den kleinen Bauerngarten vor dem Hof betreten, wurde die Tür geöffnet und eine hagere Frau, die etwa im Alter der Agathe Huber war, trat hervor und blieb in der Tür stehen.

»Bitt schön?«, sagte sie, und ihre Stimme klang abweisend.

»Lindgruber, Oberkommissär. Ich ermittle im Fall Sachrang und wollte dazu Sie und Ihre Familie befragen«, antwortete Benedikt in amtlichem Ton.

»Da wissen wir nichts«, entgegnete die Meierhoferin noch abweisender als zuvor.

»Haben Sie den Sachrang gekannt?«, fragte Benedikt sie.

»Nur vom Sehen«, antwortete die Meierhoferin einsilbig.

»Ihre Tochter soll ihn aber des Öfteren besucht haben«, sagte Benedikt.

Die Meierhoferin runzelte die Stirn.

»Nicht dass ich wüsst. Das Madl ist krank und liegt. Und ich hab an Haufen Arbeit, ich bin Wittfrau, und mein Sohn ist nicht da.« Sie machte Anstalten, wieder ins Haus zurückzugehen.

»Ich hoffe, es geht Ihrer Tochter morgen wieder besser. Da möchte ich sie bitten, bei mir zur Einvernahme im

›Seeblick‹ vorbeizukommen. Das ist jetzt eine amtliche Vorladung«, entgegnete Benedikt. »Ansonsten muss ich sie abholen lassen.«

Die Meierhoferin schloss die Tür, ohne noch ein Wort zu ihm zu sagen.

Kaum hatte sie die Tür verriegelt, ließ sie sich schwer atmend auf die Bank im Ern sinken und stützte den Kopf in die zitternden Hände. Eine Welle der Angst und Verzweiflung überflutete sie. Was war bloß aus ihrer einstmals so ordentlichen und glücklichen Familie geworden? Der Meierhoferbauer war vor eineinhalb Jahren im Holz von einem Baumstamm getroffen worden und sofort tot gewesen. Seitdem führte der Ludwig den Hof, er machte es gut und zuverlässig, doch fehlte ihm ein wenig die zupackende und entschlossene Art des Altbauern. Er war immer so ernst, der Ludwig, und lachte nur ganz selten. Dann war auch noch die Luise in diese unglückliche Sache mit dem Maler hineingeschlittert, und die Meierhoferin dachte mit Schaudern daran, wie das Madl seinerzeit weinend und verstört mit zerrissenen Kleidern heimgekommen war. Ob sie doch noch für den Riedinger eine ordentliche und tüchtige Ehefrau werden würde, daran zweifelte die Meierhoferin mittlerweile.

Sie hätte zu den Herren gehen, mit ihnen reden und finanzielle Genugtuung fordern sollen, doch sie hatte nicht den Mut dazu gehabt. Sie hätte das unanständige Bild von ihrer Luise zurückfordern müssen, doch so ein Künstler und ein wichtiger, einflussreicher Herr von den Hitler'schen, noch dazu mit einem geschliffenen Mundwerk, nein, das hatte sie sich nicht zugetraut. Sie hatte gehofft, dass der Ludwig etwas unternehmen würde – schließlich war er der Mann im Haus –, doch der hatte auch ganz lang nichts getan. Und jetzt war er, seitdem der

Sachrang tot aufgefunden worden war, verschwunden, und sie machte sich große Sorgen.

Die Meierhoferin faltete die Hände vor der kleinen Marienstatue in der Nische und wollte die Jungfrau um ihre Hilfe bitten. Doch diese musterte sie nur streng und abweisend, und der Meierhoferin kam die Fürbitte nicht über die Lippen. Sie nahm sich vor, am Sonntag zur seligen Irmengard nach Frauenchiemsee hinüberzufahren und diese um Hilfe anzuflehen. Der Berta Schwarzenegger, die wirklich schon mit einem Fuß im Grab gestanden war, hatte die Irmengard doch auch so gut geholfen.

Es war Abend geworden, als Benedikt das Meierhoferhaus verließ. Da er noch keine Lust hatte, in den »Seeblick« zurückzugehen, wanderte er noch ein Stück den Weg hoch zur kleinen Aussichtskapelle. Dort ließ er sich auf einer Bank nieder und versuchte, die friedliche Abendstimmung und den Blick über den See zu genießen. Doch es gelang ihm nicht. Zu viele Gedanken und Eindrücke wirbelten durch seinen Kopf: der Inselfranz mit der schönen Nackten, das Annamirl, der unsympathische Moser aus Rosenheim mit seinem fetten Dackel, der Knecht Lechner, die Agathe Huber und die Meierhofers – alle wussten sie etwas, hielten einiges zurück und erzählten nur die Hälfte oder gar Falsches.

Dann dachte er an Franzi und dass er immer noch nichts von sich hatte hören lassen. Ein ungutes Gefühl stieg in ihm auf; vielleicht wollte sie gar nichts mehr von ihm wissen? Der Berberich fiel ihm ein, der junge Künstler, der bei ihr im Nebenhaus wohnte und ihr ganz offensichtlich den Hof machte. Er musste ihr unbedingt eine Nachricht zukommen lassen.

Als er die Wirtsstube des »Seeblick« betrat, standen in der vormals leeren Ecke wieder alle Tische und Stühle. Benedikt trat zu dem etwas beleibten Wirt, der wesentlich gefälliger und freundlicher war als seine Frau, und fragte: »Haben S' alles wieder richten können? Was war denn passiert?«

»Zwei Stühl hab ich neu kaufen müssen«, berichtete der Wirt. »Wir haben ein ziemliches Remmidemmi hier gehabt.«

Auf Benedikts fragenden Blick hin erzählte er, dass an besagtem Abend einige Mitglieder der NSDAP in der hinteren Saalecke zu einem Treffen zusammengekommen seien und es im Laufe des Abends zu Auseinandersetzungen mit einigen Gästen, die vorne in der Stube saßen, gekommen war.

Als Benedikt nach Namen fragte, wand sich der Wirt ein wenig, dann nannte er als Hauptakteure den Karl Moser aus Rosenheim und den Maler Josef Sachrang und von der Gegenpartei den Fritz Bergleitner und den Xaver Lechner.

Das Ganze sei aber nicht von den beiden Letztgenannten, sondern hauptsächlich vom Moser und vom Sachrang ausgegangen. Der Sachrang habe ständig gestänkert, den Bergleitner ein »Kommunistenschwein« und ein »Judenfreunderl« genannt, und der Moser habe sich so lange über den »Halbdeppen« Lechner lustig gemacht, bis dieser auf ihn los sei.

»Natürlich hat der Xaver Lechner den Kürzeren gezogen gegen den massigen Moser und hat sich beim Sturz gegen die Tischkante a saubere Platzwundn geholt«, berichtete der Wirt.

Der sonst so friedliche Bergleitner habe sich dann auch nicht mehr beherrschen können und habe auf den Sachrang eingeschlagen, als dieser ihn auch noch eine »schwule Sau« genannt habe. Dann seien ein paar andere Gäste und die Söhne des Wirts dazwischengegangen, aber das Ganze habe sich dann doch zu einer Saalschlacht ausgeweitet, und Mobiliar sei zu Bruch gegangen. Von der Gendarmerie sei nicht viel Hilfe gekommen. Der Hofer sei ja schon mit der Lunge im Krankenhaus gewesen, und der junge Fanderl habe auch nicht viel ausrichten können.

»Eigentlich hab ich für alle Hausverbot ausgesprochen«, berichtete der Wirt, »aber die halten sich nicht dran.«

Annamirl erzählt

Benedikt setzte sich an einen Fenstertisch, von dem aus man das Dunkel des Sees und die Lichter der Fraueninsel drüben sehen konnte, und bestellte sich Würstl mit Kraut und ein Bier. Wieder verlor er sich in Gedanken an den Fall Sachrang und ob wohl ein Zusammenhang mit der Saalschlacht möglich war. Halbherzig überlegte er, ob er dem Fanderl bei der Abfassung des Berichts jetzt noch helfen sollte, und schreckte hoch, als eine freundliche helle Stimme sagte: »Bitt schön, Ihr Bier, Herr Polizist, die Würstl kommen gleich.«

Er blickte hoch und erkannte das Annamirl.

»Der Wirt ist mein Onkel. Ich helf zweimal die Woche aus«, erklärte Annamirl.

Sie trug ein dunkelblaues Dirndl mit einem sehr gefälligen Ausschnitt, hatte die blonden Haare hochgesteckt und sah viel erwachsener aus. Als sie lächelnd die Würstl vor ihn stellte und noch eine knusprige Brezn dazulegte, fragte Benedikt sie direkt nach der Luise. Annamirls Augen füllten sich mit Tränen.

»Des is alles so schlimm«, stieß sie hervor.

Als Benedikt fertig gegessen hatte, bat er den Wirt, dem Annamirl doch eine halbe Stunde freizugeben, es sei ja eh nicht viel los. Etwas widerwillig stimmte dieser zu und meinte, dass man die armen Madln, die eh schon genug durchgemacht hätten, doch lieber in Ruhe lassen sollte.

Das Annamirl setzte sich mit einem Holundersaft zu Benedikt an den Tisch und sagte zögernd: »Ich weiß nicht, ob's der Luise recht ist. Und viel weiß ich ja auch nicht.«

»Annamirl, es geht um ein Gewaltverbrechen, da ist man

verpflichtet, alles zu sagen, was man weiß«, entgegnete Benedikt mit strenger Polizistenstimme.

Annamirl und Luise waren fast gleich alt und zusammen aufgewachsen, denn das Schmiedhäusl, in dem Annamirl mit ihren Eltern und den drei Geschwistern lebte, lag keine fünfzig Meter vom Meierhoferanwesen entfernt. Schon als kleine Mädchen spielten sie viel miteinander, gingen gemeinsam zur ersten heiligen Kommunion, und ihre Freundschaft hielt sich über all die Jahre hinweg. Auch als junge Mädchen, als sie in Hof und Feld schon tüchtig mithelfen mussten, fanden sie nahezu jeden Tag Zeit, sich für eine Stunde zu treffen.

Als die Luise dann mit dem Stefan Riedinger verlobt wurde, hatte sie natürlich etwas weniger Zeit für Annamirl, trotzdem trafen sie sich so oft wie möglich, und Luise erzählte vom Stefan und dass es schön sei, sich mit ihm zu küssen.

»Damals haben wir uns noch alles, wirklich alles erzählt«, berichtete Annamirl, und Trauer schwang in ihrer Stimme.

Doch dann habe sich die Luise verändert und immer öfter ihre Treffen abgesagt. Wenn sie dann wirklich wieder einmal zusammensaßen, wirkte sie abwesend, und Annamirl schien es, dass der Luise auch an ihr, ihrer besten Freundin, nicht mehr viel lag. Anfänglich glaubte sie noch, dass es mit dem Stefan Riedinger zu tun habe, und sprach die Luise auch darauf an. Doch diese schüttelte nur geheimnisvoll den Kopf und meinte, dass sich in ihrem Leben bald eine Menge verändern werde.

»Dann hat sie angefangen, Sachen bei mir zu verstecken, die ihre Mutter daheim nicht sehen sollte, und einmal musste ich auch so tun, als würden wir beide gemeinsam etwas unternehmen. Dabei ist sie gar nicht mit mir zusammen gewesen, nein, ich hab dann schon rausbekommen, dass sie zu dem Maler geht«, erzählte Annamirl.

Doch da habe sie der Luise dann gesagt, dass sie das nicht mehr mitmachen wolle. Die habe geweint und gemeint, dass Annamirl sie nicht verstehen könne, weil sie eben die richtige Liebe noch nicht erlebt habe, und dass sie, Luise, nun die Eva des Sachrang sei.

»Sie hat es mir nicht direkt erzählt, doch er hat ein unanständiges Bild von ihr gemalt, glaube ich«, sagte Annamirl leicht errötend und erzählte zudem von einem dünnen Spitzenunterkleid und einem tief ausgeschnittenen Mieder, das die Luise bei ihr versteckt habe.

Benedikt nahm sich vor, die Bilder des Sachrang noch einmal nach einem Akt der Luise zu durchsuchen; bei der ersten Inspizierung des Tatorts waren sie jedenfalls nicht darauf gestoßen.

»Sie war auch ein paarmal mit den anderen beim Maler«, berichtete Annamirl.

Welche anderen das denn gewesen seien, fragte Benedikt.

Doch Annamirl wand sich und wollte keine Namen nennen. Die Therese habe ihr mal erzählt, dass es da immer hoch herging mit Wein und Tanz – manchmal sogar ohne Kleider – und mit verschiedenen Herren. Ob die Therese selbst dort gewesen sei, wisse sie nicht, die sei ja so halb mit dem Gustav Fanderl verlobt. Als Verlobte von einem Polizisten könne sie sich das nicht erlauben, und überhaupt sei die Therese eigentlich eine anständige Person.

»Leid tut mir die Luise, die hat was Schlimmes erlebt beim Sachrang und ist krank geworden über dem Ganzen. Eigentlich sollte sie ja im Herbst den Stefan heiraten«, meinte Annamirl abschließend, stellte Benedikt noch einen kleinen Enzian hin und ging dann hinter den Ausschank, um Gläser zu spülen.

Kopfschmerz und Verzweiflung

Oben in seiner Kammer notierte sich Benedikt, dass am nächsten Tag unbedingt alle Beteiligten der Wirtshausschlägerei und natürlich die Luise Meierhofer und auch der Stefan Riedinger befragt werden mussten. Von dem Enzianschnaps hatte er leichte Kopfschmerzen bekommen, er trat ans Fenster und blickte in die Dunkelheit.

Unter der einzigen Lampe, die den Weg zum Dampfersteg nur spärlich erhellte, stand ein junges Paar. Sie sprachen aufgeregt miteinander, der junge Mann streckte seine Hand aus und berührte das Mädchen an der Schulter. Das jedoch schüttelte seine Hand ab und lief davon. Als der junge Mann sich umwandte, um in die entgegengesetzte Richtung zu gehen, glaubte Benedikt, den Fanderl zu erkennen, der in normaler Kleidung, ohne Uniform, so ganz anders aussah.

Benedikt trat vor die Waschschüssel und tauchte seinen schmerzenden Kopf kurz hinein. Als er sich wieder aufrichtete und nach dem Handtuch griff, blickte er in den kleinen Spiegel über der Waschkommode und schrak zurück. Es war für einen Moment das Gesicht seines Vaters, das er da erblickte, die hellen blauen Augen mit dem immer ein wenig skeptischen Blick, die buschigen Augenbrauen und das etwas zu breit geratene Kinn.

Plötzlich fühlte Benedikt sich unsäglich einsam, verlassen und mutlos. Für den Polizeiberuf hatte er seine ganze Familie aufgegeben, und nun saß er hier im Chiemgau und arbeitete sich an einem Fall ab, der nur Rätsel aufgab. Es war alles ein Fehler gewesen, alles hatte er falsch gemacht; wie gut hätte er es jetzt als Rechtsanwalt in München, möglicherweise schon mit Frau und Kindern – es müsste ja nicht gerade die fade Reitzenstein sein.

Und er träumte sich mit Franzi in ein behagliches Heim mit einem hübschen Garten, in dem sie saßen, Tee tranken, sich über die umhertollenden Kinder freuten und den bevorstehenden sonntäglichen Besuch von Benedikts Familie besprachen. Eine würgende Sehnsucht nach einem Leben in bürgerlicher Behaglichkeit stieg in Benedikt auf, und er spürte, wie ihm eine Träne über die Wange rann.

Er straffte sich, rieb sich das Gesicht trocken und beschloss, doch noch kurz beim Fanderl vorbeizuschauen. Es war noch nicht so spät, und offensichtlich war dieser ja noch auf.

Der Fanderl öffnete so rasch, als hätte er auf jemanden gewartet, und schien ein wenig enttäuscht, dass es Benedikt war. Seine Augen waren leicht gerötet, und sein Gesicht war nass.

»Hab mich grad gewaschen«, murmelte er.

»Ich wollte mit dir noch mal alles durchgehen und besprechen, wie wir weiter vorgehen. Irgendwie treten wir im Moment auf der Stelle«, meinte Benedikt.

In kürzester Zeit hatte der Fanderl wieder sein amtliches Polizistengesicht aufgesetzt und bat Benedikt hinein. Rasch räumte er vom großen Tisch in der Stube die Reste seines Abendessens weg; die Mutter Fanderl, die im ganzen Dorf die »Jagerswittfrau« genannt wurde, erschien im Nachtgewand und stellte jedem einen Krug Bier auf den Tisch.

So saßen sie unter dem Porträt des Forstrats Fanderl, der vor Jahren von einer verirrten Kugel tödlich getroffen worden war, und sein Sohn Gustav notierte nun eifrig in sein schwarzes Büchlein. Sie beschlossen, so schnell wie möglich alle Personen im Zusammenhang mit der Wirtshausschlägerei, vorrangig den Moser aus Rosenheim, den Fritz Bergleitner und, wenn notwendig, auch den Xaver Lechner, noch einmal zu befragen. Die Luise Meierhofer war eh schon einbestellt, und Fanderl meinte, dass man auch ihren zukünftigen Mann, den Stefan Riedinger, bald in der Angelegenheit aufsuchen sollte.

Benedikt sagte abschließend zu ihm: »Du bist schon jetzt ein sehr guter Polizist, Gustav, und wenn du so weitermachst, wirst du es noch weit bringen.«

Fanderl errötete und drückte Benedikt die Hand. Schon unter der Tür, drehte sich Benedikt noch einmal um.

»Was ist mit dir und der Therese? Ich hab gehört, ihr seid so gut wie verlobt.«

»Schön wär's«, antwortete Fanderl mit gepresster Stimme. »Die hat ihren eigenen Kopf. Ich hab ihr nicht vorzuschreiben, wo sie hingeht, hat sie gemeint. So weit wären wir noch lange nicht.«

»War sie denn auch bei den geselligen Abenden im Atelier?«, fragte Benedikt.

»Ich hab ihr gesagt, dass sie da nicht hingehen soll«, antwortete Fanderl. »Ich hab's ihr verboten, und das hätt ich nicht tun sollen, denn das hat sie gerade erst aufgestachelt. Der Sachrang hat angeblich gesagt, dass sie das schönste Gesicht von allen hat und er mit ihr ganz Besonderes vorhat. Ich glaub aber nicht, dass was Schlimmes passiert ist, ich hoff es einfach.«

Der Ort schlief, als Benedikt zum »Seeblick« zurückging. Seine Kopfschmerzen waren verschwunden, und er fühlte sich wesentlich zuversichtlicher als noch vor wenigen Stunden. Er nahm sich vor, gleich am nächsten Morgen im Präsidium in München anzurufen und Franzi über den kleinen

Frieder eine Nachricht zukommen zu lassen. Mit ein paar wohligen Gedanken an sie schlief er rasch ein.

Doch eine im Ort schlief wieder nicht. Die Luise Meierhofer saß im Nachthemd am Fenster und blickte in die Dunkelheit. Sie dachte zurück an das vergangene Frühjahr, an eine Zeit, in der alles noch so einfach und klar gewesen war, als sie sich mit Annamirl getroffen, den Stefan geküsst und es ihr vor der stinkenden Bettpfanne der Großtante Kreszenz gegraust hatte. Es schien ihr, als wäre das in einem anderen, weit zurückliegenden Leben gewesen.

Freundinnen

Adelheid griff nach einem ausladenden violetten Federhut. »Wenn du zu feig bist, dann ruf ich im Amt an und frag nach ihm«, meinte sie zu Franzi, die sich mit leicht geröteten Augen gerade geräuschvoll die Nase putzte.

»Nein, nein, das machst du nicht«, entgegnete Franzi. »Er muss von sich aus kommen, ich lauf ihm doch nicht nach.«

Adelheid war Franzis beste Freundin und Maskenbildnerin an der Bayerischen Staatsoper. Als Franzi dort vor drei Jahren für eine Inszenierung die Kopfbedeckungen der Darsteller entwerfen durfte, hatten sie sich kennengelernt. Obwohl sie unterschiedlicher nicht hätten sein können, waren sie gleich Freundinnen geworden.

Adelheid Schwärzler, groß gewachsen, blond und üppig, stammte aus einem mehr als gutbürgerlichen Haus, ihr Vater war Direktor der Maschinenfabrik Harth in München. Sie hatte jedoch nicht den vom Vater vorgesehenen Weg eingeschlagen, der sie gerne nach dem Besuch des Lyzeums und der Hauswirtschaftsschule standesgemäß mit einem Münchner Industriellensohn verheiratet hätte. Das hatte die freiheitsliebende Adelheid vehement abgelehnt und sich, nachdem sie das Lyzeum mehr schlecht als recht hinter sich gebracht hatte, bei der legendären Frieda von Liebenau zur Maskenbildnerin ausbilden lassen. Das Theater, die Oper, die Kostüme und Masken waren schon immer ihre große Leidenschaft gewesen, und sie liebte ihre Arbeit an der Bayerischen Staatsoper über alles. Unabhängig, impulsiv und extravagant, scheute sie jede feste Bindung an einen Mann; sie liebte auch hier das Abenteuer, und es hieß, dass sie manchmal auch ins Bett des Intendanten sprang, wenn dessen Frau wieder einmal auf Kur war.

Die zierliche kleine Franzi mit dem dunklen Lockenhaar hingegen war im Gegensatz zur hochgewachsenen blonden Adelheid eher zurückhaltend und hatte in letzter Zeit festgestellt, dass sie sich, anders als ihre Freundin, allmählich nach einem festen Gefährten fürs Leben sehnte. Franziska Reger kam aus kleinen Verhältnissen und war im Münchner Lehel aufgewachsen. Ihr Vater war Pedell an einem Münchner Gymnasium, ihre Mutter, die als Hausschneiderin tätig war, nähte und änderte die Garderobe vieler wohlhabender Münchner Familien. So lernte auch Franzi von klein auf den Umgang mit Nadel und Faden und der Singer-Nähmaschine und bewies schon bald sehr großes Geschick darin.

Als sie dreizehn war, nahm die Mutter sie mit zu Mimi Schulze-Böckl, die in der Münchner Residenzstraße ein Hutatelier besaß. Diese, eine hagere, kettenrauchende Dame, die trotz ihres keineswegs sehr ansprechenden Aussehens und ihrer fast siebzig Jahre eine ungeheure Ausstrahlung und Erotik besaß, fertigte klassische Hüte, phantasievolle Kappen und verspielte oder verrückte Zierhaarreifen für die Münchner Damen.

Es dauerte nur ein paar Wochen, dann war es für Franzi klar, dass sie Hutmacherin werden wollte, und gleich nach Abschluss des Lyzeums begab sie sich in die harte Schule und den ständigen Zigarettenqualm der gestrengen und oft auch äußerst launischen Schulze-Böckl. Doch Franzi lernte viel bei ihr, und nach fünf Jahren machte sie ihre Gesellenprüfung mit Auszeichnung. Sie blieb bei der mittlerweile schon etwas altersschwachen Mimi, und immer mehr Kundinnen liebten Franzis jugendliche, farbenfrohe, manchmal auch ziemlich verrückten und ausgefallenen Kreationen.

An einem grauen Novembermorgen fand Franzi ihre Chefin leblos zusammengesackt über dem Arbeitstisch. Ihre letzte Zigarette hatte ein großes Loch in den nicht mehr vollendeten Hut einer Ministergattin gebrannt, und der herbeigerufene Doktor konnte nur noch bedauernd die Schultern zucken.

Nach Mimis Beerdigung, die einem Staatsakt ähnelte und bei der auf den Köpfen der Münchner Damen zahllose Hutkreationen zu bestaunen waren, stand Franzi mit einigen Lagen Filz, Federn, Taftblüten und etwas Arbeitsmaterial auf der Residenzstraße und wusste nicht, wie es nun weitergehen sollte. Mimis Geschäft war, was niemand geahnt hatte, heillos verschuldet, und die Erben vermieteten die Räumlichkeiten umgehend an eine Steuerkanzlei. Doch nach nur wenigen Tagen meldete sich die Brauereibesitzersgattin Kienlechner bei Franzi und bot ihr zu einer erschwinglichen Miete einen leer stehenden kleinen Laden hinter dem Sendlinger Tor an; nach einer schlaflosen Nacht griff Franzi zu und hatte diesen Schritt noch nie bereut. Zu den alten Kundinnen aus der Residenzstraße kamen viele neue, und alle waren voll des Lobs und der Begeisterung über ihre Entwürfe.

Adelheid setzte sich übermütig den violetten Federhut, den sich Frau Hitzelsberger für die Hochzeit ihrer Tochter hatte anfertigen lassen, auf ihr zum modischen Pagenkopf geschnittenes Haar. Franzi entriss ihr den Hut, musste aber trotzdem lachen.

»Wir gehen jetzt zum ›Annast‹ auf eine Wiener Melange, und dann können wir schauen, was zurzeit in den Sendlinger-Tor-Lichtspielen läuft. Mach dich hübsch«, schlug Adelheid vor, und Franzi willigte ein.

Es wurde ein vergnüglicher Abend, im Café »Annast« trafen sie noch zwei Kolleginnen von Adelheid, die sich den

Freundinnen anschlossen und mit ins Kino gingen. Es gab eine Liebeskomödie, bei der viel gelacht wurde, und Franzi vergaß für einige Stunden ihren Kummer. Als sie jedoch später allein in ihrem Bett lag, den abscheulichen Hut für die korpulente Hitzelsberger vor Augen, kam wieder große Traurigkeit über sie.

Sie hatte sich in Benedikt getäuscht. Wie so viele Männer suchte er einfach das Weite, nachdem er das, was er wollte, bekommen hatte. Sie hatte geglaubt, Zuneigung, ja Liebe in seinen Augen zu erkennen – hatte sie sich denn so geirrt? Vielleicht hatte Adelheid mit dem Rat, um ihn zu kämpfen, doch recht. Sie zog das Kissen, auf dem er vor Kurzem noch gelegen und sie so leidenschaftlich umarmt hatte, zärtlich an sich und nahm sich vor, am nächsten Tag doch im Präsidium in der Ettstraße anzurufen.

Als sie am nächsten Morgen gerade das Haus verlassen wollte, um bei der Bäckerei Wimmer ein paar Semmeln fürs Frühstück zu kaufen, kam ihr mit leicht schwankendem Gang ein älteres Männlein entgegen.

»Sind Sie das Fräulein Franziska Reger?«, fragte der klein gewachsene Mann mit ein wenig schwerer Zunge und lüpfte seine Mütze.

Als Franzi nickte, teilte er ihr fast formvollendet mit, dass der Herr von Lindgruber in einem dringenden Fall ins Oberland abberufen worden sei und ihr von dort die allerbesten Grüße ausrichte.

»Wo ist er denn? Ist es gefährlich? Wann kommt er denn wieder?«, fragte Franzi.

Der kleine Mann verwies auf strikte Geheimhaltungspflicht in einem laufenden Fall, äußerte sich dann aber etwas kryptisch: »Da, wo's 'nübergeht zur Fraueninsel, da ist er grad.«

Dann verbeugte er sich und wandte sich zum Gehen. Franzi sah noch, dass er nach wenigen Schritten in seine Jackentasche griff und einen großen Schluck aus einem Flachmann nahm. Schnell lief sie nach Hause, um Adelheid anzurufen und ihr diese Neuigkeit mitzuteilen.

»Wunderbar, ich leih mir so bald wie möglich das Auto vom Papa, dann fahrn wir einfach hin, und du sperrst deinen Laden für ein, zwei Tage zu!«, rief ihre Freundin begeistert.

Adelheids Papa besaß neben einem schweren Daimler einen kleinen roten spritzigen Sportwagen, den er seiner Tochter, die eine rasante Autofahrerin war, nur sehr ungern lieh. Sie setzte sich jedoch meistens durch.

DER BERGLEITNER TÜRMT

Das Wetter war nun tatsächlich umgeschlagen. Es hatte empfindlich abgekühlt, nieselte leicht, und die Chiemgauer Berge verbargen sich in dichtem Nebelgrau. Der Fanderl kam wie immer überpünktlich, er war sehr blass, und zu den zwei Pickeln auf der Nase war noch ein dritter am Kinn gekommen.

Die Kirchturmuhr schlug gerade acht, als Benedikt und Fanderl den breiten Weg zum Riedingerhof hinaufstiegen. Dieser übertraf an Größe und Stattlichkeit selbst den Huberhof noch bei Weitem.

Sie hatten Glück, direkt vor dem Hof war ein groß gewachsener junger Mann gerade dabei, seine Rösser anzuspannen.

»Servus, Stefan«, rief der Fanderl. »Hast a bissl Zeit für uns?«

»Wenn's nicht zu lang dauert, ich muss nach Prien zum Rossmarkt«, antwortete der Stefan. Er bat sie trotz des kühlen Wetters nicht in die Stube, und so setzten sie sich auf die Bank vor dem Haus.

Benedikt fielen die müden, dunkel umschatteten Augen und die geplatzten Äderchen im gebräunten Gesicht von Stefan Riedinger auf. Dieser machte keine langen Umstände.

»Ja, ich weiß, dass die Luise öfter zum Sachrang ist. Sie hat gesagt, sie lässt sich für mich porträtieren. Aber das glaub ich jetzt nicht mehr so ganz. Der hat ihr den Kopf verdreht, und dann hat er sich nicht mehr für sie interessiert und sie einfach fallen lassen – und das hat sie nicht verkraftet. Ich hab a Sauwut auf den Kerl, aber umgebracht hab ich ihn nicht. Das hat ein anderer für mich übernommen, und dem bin ich nicht bös.«

Damit war eigentlich schon so gut wie alles gesagt. Als der Stefan dann auch noch berichtete, dass er in der besagten Nacht gar nicht im Ort, sondern in Endorf bei einem Freund gewesen sei, wo er seinen Rausch ausgeschlafen habe, machten sich Benedikt und der Fanderl wieder auf den Weg.

»Das mit dem Freund überprüf ich gleich heut noch; das wird der Berninger Sigi aus Endorf sein, den kenn ich von der Schule her«, meinte Fanderl, und Benedikt wusste wieder einmal die tatkräftige und umsichtige Art seines Gehilfen zu schätzen. Dann machten sie sich auf zum Bergleitner Fritz.

Auf dem Weg durchs Dorf berichtete Fanderl, was er so über den Fritz wusste, dass er ein Außenseiter und ein Eigenbrötler mit ein wenig außergewöhnlichen politischen Ansichten sei, aber trotzdem im Dorf sehr geschätzt werde, vor allem wegen seiner unaufdringlichen Hilfsbereitschaft.

»Er ist sehr gebildet und belesen, der Fritz. Er war seinerzeit auf dem Gymnasium und hätt studieren sollen. Doch als sein Vater gestorben ist, war's vorbei damit, und er hat Schreiner gelernt«, erzählte Fanderl. »Nach dem Krieg war er für ein paar Jahre weg aus dem Dorf. Er hatte einen fahrenden Zimmermann kennengelernt, der auf der Walz hier Station gemacht hat, und mit dem ist er nach München. Dort hat er angeblich an der Revolution teilgenommen und war wohl auch für kurze Zeit im Gefängnis. Als seine Mutter im Sterben lag, ist er wiedergekommen.«

Sie waren fast schon beim kleinen Haus des Fritz angelangt, als ihnen die alte Michelbergerin vom Bergleitnerhäusl her mit einem Korb voller Holzscheite entgegenkam. Sie hob ihre gichtgekrümmte Hand, und Benedikt wusste nicht recht, ob dies nun ein Gruß oder eine Drohgebärde war.

»Ihr meints wohl, mich altes Weib müsst ihr nicht befragen«, geiferte sie, »dabei könnt ich euch so einiges erzählen.«

»Wir wären schon noch zu dir gekommen, Michelbergerin«, beruhigte sie der Fanderl. »Du bist natürlich eine wichtige Zeugin für uns.« Er zwinkerte Benedikt zu.

Die Michelbergerin, etwas besänftigt, baute sich vor den beiden auf und sprach mit gesenkter Stimme: »Viele gibt's, die ihn nicht gemocht, ja gehasst haben«, und sie meinte wohl den Josef Sachrang, »der Fritz und auch der Xaver – die haben ihn gehasst wegen der Politik und weil er den Juden in Traunstein angeschwärzt hat. Der Stefan hat ihn gehasst, weil er die Luise in den Wahnsinn 'trieben hat. Aber der is zu schwach zum Morden und steht unter Kuratel von seinem Vater. Die Meierhofers, alle miteinander, hätten genug Grund, den Josef umzubringen. Die Luise ist zu krank und immer noch besessen von dem, aber die Meierhoferin und der ihr Sohn – aber ich will ja nichts gesagt haben.«

Einen Moment hielt die Michelbergerin inne, dann sagte sie mehr zu sich als zu Benedikt und dem Fanderl: »Und die Agathe, die war ja auch ganz narrisch wegen dem. Die ist kurz vorm Austrocknen, und mit ihrem Mann teilt sie das Bett nur noch zum Schlafen. Da kam ihr so ein gestandener Mann wie der Sachrang natürlich recht. Einmal hab ich sie gesehen, die zwei. Die Agathe hat dem Sachrang im Gesicht rumgewischt und hat dabei gelacht wie ein junges Madl, und der Sachrang hat an ihrem Ausschnitt geleckt. Pfui Teufel noch amal, a verheiratete Frau – aber ich will ja nichts gesagt haben! Und eifersüchtig war sie, die Agathe, auf die Luise und die anderen jungen Madln. Die hat er gemalt, auch ohne Kleider. Das wollt er sich bei der fetten Agathe natürlich nicht antun.« Und sie kicherte in sich hinein.

Dann verstummte sie kurz und deutete auf das Haus des Fritz Bergleitner. »Schaugts lieber auch bei dem da nach, der hat seinerzeit in München schon ein paar umgebracht.«

»Das stimmt doch gar nicht, Michelbergerin!«, rief der Fanderl empört. »Das ist Rufmord, pass auf, was du sagst.« Er deutete auf den Korb mit den Holzscheiten. »Aber sein Holz nimmst dir schon, schäm dich.«

»Des is eine alte Abmachung, das steht mir zu. Das hab ich schon mit dem alten Bergleitner so gehalten«, keifte sie und entfernte sich vor sich hin zeternd und grummelnd.

»Das alte Waschweib, das verfluchte«, schimpfte der Fanderl. Dann richtete er seinen Blick auf das Bergleitnerhaus und sah gerade noch, wie sich der Fritz Bergleitner über den Gartenzaun davonmachte und im Wäldchen dahinter verschwand.

»Der haut uns ab!«, schrie der Fanderl.

Sie rannten keuchend den Hang zum Haus hinauf und teilten sich dann, wobei Benedikt dem Bergleitner direkt nachsetzte und der Fanderl einen Haken um das Wäldchen herum schlug, um den Bergleitner vielleicht ergreifen zu können, wenn er aus dem Schutz der Bäume trat.

Benedikt hörte die Tritte und das Keuchen des Flüchtenden vor sich im Wald; zwei Mal hatte er ihn bereits aufgefordert, stehen zu bleiben.

»Wir wollen doch nur mit Ihnen reden, Herr Bergleitner«, rief er, doch der Flüchtende brach weiterhin schnaufend und keuchend vor ihm durch das Unterholz.

Als der kleine Wald jedoch lichter wurde und sich zu einer Wiese öffnete, wurde er unsicher und wusste für einen Moment nicht, wohin er sich wenden sollte. Das war Fanderls Chance. Er sprang aus der Deckung eines großen Haselstrauches hervor, packte den Bergleitner, warf ihn zu Boden und drehte ihm die Hände auf den Rücken. Benedikt, der mittlerweile herangekommen war, staunte nicht schlecht, welche Kräfte in dem zierlichen Fanderl steckten.

Der Bergleitner wand sich unter Fanderls Griff und bäumte sich auf.

»Na, ich geh nie mehr ins Gefängnis, nie mehr, vorher sterb ich«, schrie er, und Angst und Panik schwangen in seiner Stimme. »Ja, ich hab mich geschlagen mit dem Sachrang, des hat er verdient, der Nazi, aber um'bracht hab ich ihn nicht. Lasst mich los, ihr Polizistenärsche, ihr verdammten.«

Es gelang ihm, einen Arm freizubekommen, und damit schlug er den Fanderl voll ins Gesicht, sodass dem die Lippe aufplatzte und die Nase zu bluten anfing.

Nun warf sich Benedikt dazwischen; er drückte den Bergleitner mit dem Gesicht nach unten ins Gras und legte ihm die Handschellen an, die der Fanderl selbstverständlich dabeihatte.

Bergleitner ist verzweifelt, und Luise wird es leichter

Kurze Zeit später saß der Bergleitner in der winzigen Arrestzelle des Ortes, und der Fanderl kühlte sich das Gesicht mit einem nicht sehr sauberen Handtuch, das neben dem ebenfalls nicht sehr sauberen Waschbecken der kleinen Wachstube gehangen hatte. Es roch durchdringend nach kaltem Rauch, auf dem uralten Schreibtisch stand noch der übervolle Aschenbecher des lungenkranken Hofer. Benedikt war nun klar, warum der Fanderl ihre Zusammenkünfte bisher immer lieber im »Seeblick« oder an anderen Orten arrangiert hatte.

Sie beschlossen, den Bergleitner, der gekrümmt und stöhnend auf der Arrestbank saß, ein wenig zur Ruhe kommen zu lassen. Fanderl versperrte die Zelle und die Wachstube zweifach, und sie gingen zum »Seeblick«.

»Wir haben uns eine Stärkung verdient«, meinte Benedikt und musterte sorgenvoll den Fanderl, dessen Gesicht bemitleidenswert aussah.

Doch aus der Stärkung sollte nichts werden. Vor dem »Seeblick« saß, in fast ebenso gekrümmter Haltung wie zuvor der Bergleitner, die Luise Meierhofer.

»Ich will mit euch reden, aber ’s Annamirl soll dazukommen. Dann ist’s leichter für mich«, sagte Luise mit dünner, zittriger Stimme.

Der Fanderl wandte sich an die Wirtin, die sein demoliertes Gesicht mitleidig musterte, und ordnete an: »Bitte das Annamirl holen – Nebenzimmer – Kaffee für alle.« Die Wirtin nickte fast untertänig.

In kürzester Zeit war alles bereit, Kaffee und sogar ein paar Schmalznudeln standen auf dem Tisch des Nebenzimmers. Annamirl war rasch zur Stelle, sie saß nun ganz nah neben ihrer Freundin und hielt deren Hand.

Die Luise begann stockend zu sprechen, zwischendurch versagte ihr immer wieder die Stimme, und sie musste ihre Tränen trocknen. Annamirl rückte dann noch etwas näher an sie heran, legte ihr den Arm um die Schultern und reichte ihr ein kariertes Taschentuch.

Luise berichtete, wie sie bei einem ihrer Besuche bei der alten Kreszenz den Josef kennengelernt hatte, wie er sie in sein Atelier mitgenommen, sich mit ihr unterhalten und Skizzen von ihr gemacht hatte.

»Er war so sanft und hat so schön reden können, so zärtlich, so ganz anders wie der Stefan, und er hat gesagt, dass ich was ganz Besonderes und seine Eva bin.«

Ja, damals im Mai, bei einem der ersten Gewitter des Jahres, habe er sie nackt gemalt, und als er sie dann umarmt habe, da dachte sie, dass er sie lieb habe. Sie habe geglaubt, dass er sie nun heiraten würde, denn das sei doch wohl so, wenn man sich so nah kommt; sie wäre dann zu ihm gezogen, hätte ihm den Haushalt geführt und wäre seine Frau und seine Muse geworden.

»Viele große Künstler haben so eine Muse daheim, das hat er mir erzählt«, berichtete Luise weiter, und ihre Stimme war nun deutlich lauter und fester geworden.

Er habe ihr ein schönes Spitzenhemd und ein Mieder geschenkt und ihr das Ketterl mit den Granatsteinen versprochen, das sie in Rosenheim im Schaufenster vom Juwelier gesehen hatte. Und so sei sie dann auch zu den Treffen gekommen, bei denen die anderen Herren da waren. Sie habe gemeint, dass sie vielleicht schon ein wenig als seine Hausfrau die Getränke ausschenken und den Speck auftischen könne. Dann stockte die Stimme der Luise, die Tränen flossen ihr über die Wangen, und erst nach aufmunterndem Zuspruch ihrer Freundin konnte sie weitersprechen.

Bei diesen Abenden seien immer mehrere Herren da gewesen. Ja, der Inselfranz auch, doch der sei eigentlich ganz nett, nur sturzbetrunken gewesen, aber der Moser aus Rosenheim und seine Kumpane, die seien … Und nun stockte die Stimme der Luise wieder.

»Der Moser hat in kurzer Zeit zwei Flaschen von dem Rheinwein getrunken, dann hat er die Irmi nur im Mieder auf dem Tisch tanzen lassen, hat ihr ein Glas Wein nach dem anderen eingeflößt und ihr immer an die Brust und zwischen die Beine gegriffen. Doch der Irmi ist schlecht geworden; sie ist vom Tisch getaumelt, und der Inselfranz hat sie nach draußen gebracht. Dann haben sie mich gegriffen, er und die anderen, sie haben mich festgehalten, und der Moser hat mir das Mieder aufgerissen, den Rock hochgeschoben und mein Unterkleid heruntergezogen. Ich hab geschrien und mich gewehrt, doch die haben nur gelacht, haben Wein über mich geschüttet und angefangen, den Wein von meinem Hals abzulecken. Ich hab nach dem Josef gerufen, dass er mir helfen soll, doch der ist bewegungslos hinten an seiner Staffelei gestanden, hat zugeschaut und dabei hat er sich mit der Hand in die Hose gegriffen. Dann hat der Moser seinen Hosenlatz geöffnet und hat … Es hat furchtbar wehgetan, und … es hat geblutet … Die Mutter hat gesagt, ich darf's niemand erzählen, weil es sonst aus ist mit der Heirat und weil der Moser ein wichtiger Mann ist.«

Hier verstummte die Luise, und ein Zittern ging durch ihren ganzen Körper. Annamirl, die nun auch Tränen in den Augen hatte, zog sie an sich, und der Fanderl, der bis dahin alles mitnotiert hatte, hieb mit der Faust auf den Tisch und rief empört: »So ein Schwein!«

»Dass ich dann krank geworden bin, das wisst ihr ja«, erzählte Luise weiter. »Ich hab gedacht, ich muss sterben, und hab nur noch weinen und schreien können. Da haben sie mich nach Gabersee gebracht. Jeden Tag hab ich dreimal ein weißes Pulver trinken müssen, und der Doktor hat mich mit Elektrischem behandelt. Jetzt ist's wieder besser, aber ich hab Angst, dass mich der Stefan nicht mehr will, und vor allem hab ich Angst, dass der Ludwig was damit zu tun hat. Der hat gesagt, dass er jetzt endlich das Bild holt, das der Sachrang von mir gemalt hat, damit ich ruhig in die Ehe gehen kann. Jetzt ist er, seit der Sachrang tot ist, verschwunden, und wir wissen nicht, wo er ist.«

Jetzt begann Luise wieder zu weinen, und Benedikt sagte tröstend zu ihr: »Ich danke dir, Luise, das war ganz richtig, dass du uns das alles erzählt hast. Du kannst sicher sein, dass im Augenblick nichts davon diesen Raum verlässt. Da geb ich dir mein Wort. Habt ihr denn wirklich keine Ahnung, wo der Ludwig sein könnte?«

Luise schüttelte den Kopf.

Benedikt glaubte eine leise Unruhe bei Annamirl wahrzunehmen, doch sie sagte nichts, wandte sich ihrer Freundin zu, zog sie kurz an sich, und mit den Worten »Jetzt muss ich schnell heim, aber ich schau heut Abend bei dir vorbei« verabschiedete sie sich.

Kurz darauf ging auch Luise. Benedikt schien es, als wäre ihr Gang etwas rascher und ihre Haltung ein wenig aufrechter, als sie den »Seeblick« verließ.

Benedikt und Fanderl blieben noch für kurze Zeit im Nebenzimmer sitzen, doch obwohl es schon auf Abend zuging, hatten sie beide keinen rechten Appetit.

»Der Bergleitner, das glaub ich einfach nicht, dass der das war. Der Ludwig Meierhofer, der ist so ein Stiller, Ernsthafter und Bedächtiger – kann ich mir eigentlich auch nicht vorstellen. Und der Stefan Riedinger hat ein Alibi«, sinnierte Fanderl vor sich hin. »Wir sollten auf alle Fälle die Parteiherren befragen«, ergänzte er.

»Unbedingt, obwohl wir uns da was Schöneres vorstellen könnten«, antwortete Benedikt.

Die umliegenden Gendarmerieposten hatten mittlerweile gemeldet, dass sie nach dem Ludwig Meierhofer Ausschau hielten und auch alle Waldhüter und Forstarbeiter bitten würden, die Augen offen zu halten.

»Der kann überall sein«, meinte der Fanderl pessimistisch und rieb sich die Stirn.

»Geh heim, iss was Gscheits und leg dich ins Bett«, befahl ihm Benedikt. »Ich schau nach dem Bergleitner.«

Fanderl widersprach nicht und drückte ihm den Schlüssel in die Hand.

In der Zwischenzeit saß der Bergleitner Fritz in seiner Zelle, große Verzweiflung war über ihn gekommen. Er stützte den Kopf in die Hände und weinte. Bitterlich weinte er über alles, über sein misslungenes Leben, seine verlorene Liebe und seine Schwäche. Der Fanderl hatte vergessen, ihm den Gürtel abzunehmen; den bräuchte er ja nur am Fensterkreuz festzumachen, um seinen Hals zu legen und von der Bank zu springen, dann wäre endlich alles vorbei. Doch wieder einmal war er zu schwach.

Schon damals in München, im Zuchthaus Stadelheim, war er feig und schwach gewesen, und nach drei Tagen Verhör, Schlägen und kalten Wassergüssen war er eingeknickt und hatte Namen genannt. Dass die Genossen, die er da verraten hatte, damals eh schon tot waren, tat nichts zur Sache. Niemandem hatte er von seinem Verrat erzählt, auch dem Georg nicht, er war sein ganzes Leben allein damit gewesen.

Um sich von seinen schwarzen Gedanken etwas abzulenken, versuchte er sich an ein Gedicht von Mörike zu erinnern, das er vor Kurzem gelesen hatte und an das er am heutigen ersten nebligen Herbstmorgen hatte denken müssen.

»›Im Nebel ruhet noch die Welt …‹« Weiter kam er nicht, denn er hörte ein leises Pfeifen, schreckte hoch, und das grauenvolle Pfeifen der Ratten, die nachts immer durch seine Zelle in Stadelheim gehuscht waren, fiel ihm ein. Doch es waren keine Ratten, es war ein menschliches Pfeifen, und nun erkannte er eindeutig die Stimme des Xaver Lechner, der draußen seinen Namen rief.

Fritz stieg auf die wacklige Bank und blickte aus dem Fenster der Zelle. Bevor er den Xaver erblickte, der pfeiferauchend unter dem Fenster stand, sah Fritz Bergleitner durch das Grün der Bäume vor der Wache ein winziges Stück des Sees blitzen und dahinter einen ebenso kleinen Teil der grünen Matten und Wiesen unterhalb der Kampenwand, und sein Herz wurde ein wenig leichter.

»Die lassn dich bald wieder laufen«, sagte der Xaver, »die suchen jetzt nach dem jungen Meierhofer. Außerdem kann ich bezeugen, dass wir miteinander gsoffn haben in der Nacht.« Ächzend stellte er sich auf die Zehenspitzen und schob ein Wurstbrot durch das Gitter.

Dann zog er eine Flasche Bier aus seiner Tasche und reichte sie hinterher.

»Da, nimm an Schluck, des tut gut.«

»Danke, Xaver«, konnte der Fritz nur stammeln, und er spürte, wie ihm erneut ein paar Tränen über die Wangen liefen. Außer der politischen Gesinnung hatte ihn mit dem Xaver bis jetzt nicht viel verbunden, ja er hatte ihn immer für ziemlich einfältig gehalten. Dass dieser ihm jetzt ein Alibi geben wollte, obwohl sie in der besagten Nacht keineswegs miteinander getrunken hatten, und ihm nun Bier und Wurstbrot brachte, rührte ihn sehr.

»Keine Ursache«, meinte der Xaver und stapfte davon.

»›... noch träumen Wald und Wiesen‹«, stieg nun eine weitere Gedichtzeile in Fritz hoch, und etwas ruhiger und zuversichtlicher als zuvor legte er sich auf die harte Bank und schloss die Augen.

So fand ihn Benedikt, als er in die Polizeistation zurückkehrte, und er beschloss, ihn noch ein wenig in Ruhe zu lassen. Er setzte sich an den unaufgeräumten Schreibtisch des kranken Hofer, legte die Beine darauf und nickte ebenfalls weg.

Annamirls Geheimnis

Annamirl hatte ihre Mutter bis jetzt noch ganz selten belogen, doch an diesem Abend musste sie es tun.

»Ich treff mich heute noch mit der Therese. Die kann doch die Kreuzstichborte so gut und will sie mir zeigen. Ich will endlich die Tischdeckn fertig kriegen«, erklärte sie ihrer Mutter, die hocherfreut war, dass die Tochter nun endlich doch Interesse an der Aussteuervorbereitung zeigte.

Doch statt zur Therese machte Annamirl sich bei schon einsetzender Dämmerung auf in den Gollenshausener Wald. Zügig, mit derbem Schuhwerk und in eine Regenjoppe gehüllt, stapfte sie voran. Sie trug einen Korb mit Brot, Speck und Bier bei sich und hoffte, dass sie sich nicht verirrte. Zwei Mal war sie bis jetzt bei der Hütte gewesen, die sich tief im Wald hinter Gollenshausen versteckte, doch immer am helllichten Tag.

Niemand, nicht einmal die Luise, wusste, dass sie sich dort mit dem Ludwig traf. Im letzten Sommer, beim Tanz nach der Fronleichnamsprozession, hatten sich der Ludwig Meierhofer und sie ineinander verliebt. Sie kannten sich ja seit Kinderzeiten, und schon immer hatte Annamirl den etwas in sich gekehrten, ernsten Ludwig gern gemocht. Als er sie dann beim Maitanz so sanft und doch entschlossen geküsst hatte – so ganz anders als seinerzeit der derbe Sigi aus Endorf –, da war es um sie beide geschehen. Doch sie hatten beschlossen, alles noch ein wenig für sich zu behalten – der Ludwig war noch im Trauerjahr, und der verunglückte Meierhoferbauer hatte kurz vor seinem Tod begonnen, eine Verbindung seines Sohnes mit der Berta Häfner einzufädeln, »damit's Sach z'ammkommt«.

So waren ihre Treffen bis jetzt immer geheim gewesen, und Annamirls Wangen begannen zu glühen, als sie an ihre letzte Zusammenkunft im Juli dachte. Es war ein heißer Sommertag gewesen, und auf beide wartete zu Hause viel Arbeit, doch auf der Bank vor der Hütte, beim Rauschen des Sommerwinds in den Waldbäumen und dem Zwitschern der Vögel, hatten sie die Zeit vergessen. Annamirl, die bis dahin fest den Vorsatz gehabt hatte, sich ihre Jungfräulichkeit bis zur Ehe zu bewahren, hatte unter den nicht mehr so sanften Küssen Ludwigs gerne ihr Mieder geöffnet, ihren Sommerrock hochgeschoben und sich dem Ludwig, seinen Zärtlichkeiten und seiner Leidenschaft hingegeben.

Als sie kurz darauf eng umschlungen und noch heftig atmend auf der Bank saßen und Annamirl dachte, dass sie diese Stunde voller Glück nie im Leben vergessen würde, sagte der Ludwig: »Du bist die meine, dich will ich und keine andere. Ich muss nur noch die Sache mit der Luise regeln.«

Annamirl in ihrer Seligkeit hatte damals nicht viel auf seine Worte gegeben. Als sie jedoch im »Seeblick« erfahren hatte, dass der Ludwig seit dem Tod des Sachrang fort war, wurde ihr alles klar. Der Ludwig hatte den Josef Sachrang aufgesucht, um das Bild, das die Luise im Evakostüm zeigte, zu holen und zu vernichten. Nur so konnte die Luise ordentlich und aufrecht die Ehe mit dem Stefan Riedinger eingehen. War es zum Streit und zum Kampf zwischen den Männern gekommen? Hatte der Ludwig so fest zugeschlagen, dass der Sachrang zu Tode gekommen war?

Eine heiße Welle der Angst und Verzweiflung stieg in Annamirl hoch. Sie konnte sich nicht vorstellen, dass der ruhige, bedächtige Ludwig zu solch einer Tat fähig war. Andererseits hatte sie schon ein paarmal in ihrem jungen Leben gesehen, wozu Wut und Verzweiflung führen konnten, und sie dachte an die wilden Schlägereien ihrer Brüder, die meist aus wesentlich geringfügigeren Anlässen vom Zaun gebrochen worden waren.

Annamirl hielt an einer Weggabelung inne und zögerte. Ging es nun nach links leicht bergab oder einfach geradeaus weiter? »Ach, selige Irmengard, hilf mir doch, nur das eine Mal«, betete sie, die ansonsten eine nicht so gläubige Natur war und das Gewese, das ihre Mutter immer um die Selige von der Fraueninsel machte, stets belächelte.

Es war nun schon fast dunkel, der Abendwind rauschte, und der den ganzen Tag über verhangene Himmel hatte aufgeklart. Der Mond schien und sandte ein wenig Licht durch die Wipfel auf den nach links führenden Weg. Annamirl nahm es als Zeichen und dankte der Irmengard.

Kurze Zeit später kam sie auf eine kleine Lichtung, sah die Umrisse der Hütte und erblickte ein flackerndes Licht in einem der Fenster. Sie hatte sich nicht getäuscht.

»Ludwig«, rief sie, »ich bin's, d' Annamirl, mach mir auf! Ich bin allein!«

Zuerst rührte sich nichts, dann jedoch öffnete sich die Tür einen Spalt, Ludwig spähte vorsichtig heraus und ließ sie ein. Wortlos standen sie sich gegenüber; Ludwig, bleich, mit tiefen Ringen unter den Augen und unrasiert, sah müde und erschöpft aus.

Annamirl hielt ihm den Korb mit dem Essen und dem Bier hin und fragte mit stockender Stimme: »Du hast doch nichts damit zu tun? Du hast doch nicht etwa den Sachrang …?« Dann verstummte sie, stellte den Korb ab, trat auf den Ludwig zu und umarmte ihn. Er klammerte sich an sie und atmete heftig.

»Nein, nein, ich hab doch nur das Bild geholt. Er war schon tot … Er ist da gelegen in seinem Blut … sein Schädel war zerschlagen … Aber des glaubt mir doch niemand!« Er schluchzte auf und ließ sich schwer auf eine Bank fallen.

Annamirl setzte sich neben ihn, packte Brot, Speck und Bier aus und stellte alles vor ihn hin. Gierig griff Ludwig zu, trank einen großen Schluck aus der Bierflasche und wurde etwas ruhiger.

»Du musst das der Polizei erzählen, Ludwig«, meinte Annamirl und streichelte seine Hand. »Der Polizist aus München ist in Ordnung, und den Fanderl kennst ja eh. Die Luise hat ihnen heut Nachmittag alles gesagt. Die glauben jetzt, dass es der Bergleitner war wegen der Politik.«

Ludwig stützte schwer atmend den Kopf in die Hände und schüttelte den Kopf.

»Die glaubn mir nicht«, wiederholte er.

Annamirl schmiegte sich an ihn, strich ihm über das wirre Haar und redete ihm weiter zu, bis Ludwig sie an sich zog und sie heftig küsste.

Als sie einige Zeit später auf dem schlichten Strohbett in der Ecke der Hütte aus ihrem Liebestaumel erwachten, erblickte Annamirl das Bild, das umgedreht an der Wand lehnte. Nackt, wie sie war, stand sie auf und drehte es um. Sogleich erkannte sie ihre Freundin Luise mit ihren vollen dunklen Locken und geröteten Wangen, sie blickte den Betrachter in einer seltsamen Mischung aus Scham und Wollust an und zeigte eine schmale Schulter, eine ihrer Brüste, die sanfte Rundung ihres Bauchs und das Dunkel ihres Geschlechts.

»Wie schön sie ist«, flüsterte Annamirl, die ebenso nackt und ohne Scham wie ihre Freundin im Schein des hellen Mondlichtes stand, das durch das Fenster in die Hütte fiel. Sie wandte sich Ludwig zu, der sie mit staunendem Begehren betrachtete, und sagte: »Komm, wir gehen. Und das Bild muss weg, so kann die Luise nicht in die Ehe gehen. Es weiß ja wohl niemand sonst davon.«

Im Nebel ruhet noch die Welt

Benedikt schreckte hoch und blickte einen Moment verwirrt um sich. In der schlechten Luft der ungemütlichen Wachstube musste er wohl kurz eingenickt sein. Er blickte zur Zelle und sah den Bergleitner dort sitzen, der wesentlich ruhiger und gefasster wirkte als zuvor.

»Wie geht's denn weiter, ich komm einfach nicht drauf«, murmelte dieser vor sich hin. »›Im Nebel ruhet noch die Welt, noch träumen Wald und Wiesen …‹«

»›… bald siehst du, wenn der Schleier fällt, den blauen Himmel unverstellt‹«, ergänzte Benedikt unaufgefordert, und Fritz Bergleitner endete erleichtert: »›… herbstkräftig die gedämpfte Welt in warmem Golde fließen.‹ Eduard Mörike. Von einem meiner ersten Löhne hab ich mir seine Gedichte gekauft.«

Professor Adumeit, der mittlerweile emeritierte Professor für Kriminalistik und Verbrechensforschung, hätte sich wohl bei dieser vorrangig literarisch und lyrisch geprägten Unterhaltung eines Oberkommissärs mit seinem Verdächtigen etwas gewundert. Das tat auch der Fanderl, der pflichtbewusst kam, um seinen Chef abzulösen, und gerade noch hörte, wie der Bergleitner dem Benedikt von einem gewissen Graf vorschwärmte, den er unbedingt lesen müsse.

Fanderl räusperte sich diskret.

»Jetzt müssen wir dich aber vernehmen, Fritz, und dass dir zudem eine Anzeige wegen Polizistenbeleidigung und tätlichem Angriff auf die Staatsgewalt droht, ist dir ja wohl klar.«

Bergleitner nickte beim Anblick von Fanderls geplatzter

Lippe und blauem Auge schuldbewusst und entschuldigte sich in aller Form.

»Seit damals hab ich eine schreckliche Angst vor dem Eingesperrtsein«, erklärte er, wobei er auf das »damals« nicht weiter einging. »Ich hab mich geschlagen mit ihm, das stimmt, aber umgebracht, nein, umgebracht hab ich ihn nicht.«

Nach der Wirtshausschlägerei sei er gleich nach Hause, das sei so um ein Uhr gewesen. Er habe nicht schlafen können, und so habe er schon im Morgengrauen angefangen, sein Holz zu spalten. Das beruhige ihn immer sehr.

»Politisch seid ihr ja wie Feuer und Wasser gewesen«, meinte der Fanderl, »da gehören ein paar kräftige Beleidigungen doch dazu. Was hat dich denn dann so auf die Palme gebracht?«

»Da will ich nicht drüber sprechen«, meinte Bergleitner, und sein Gesicht verschloss sich.

Benedikt glaubte sich zu erinnern, dass der Wirt etwas von »warmem Bruder« oder »schwuler Sau« gesagt hatte. Soweit er wusste, war der Fritz Bergleitner unverheiratet und hatte in München seinerzeit für einige Jahre mit einem Zimmermann aus Bremen zusammengelebt.

Nachdem Bergleitner ausgesagt hatte, rief der Fanderl: »Bin gleich wieder da«, und verschwand rasch in der Abenddämmerung.

So fanden Benedikt und Fritz noch einmal Zeit, ihr Gespräch über Literatur fortzusetzen, und diesmal empfahl Benedikt dem Fritz wärmstens den Lion Feuchtwanger, der einer seiner Lieblingsschriftsteller war.

Kurze Zeit später erschien der Fanderl wieder und hatte die unwillig vor sich hin schimpfende Michelbergerin im Schlepptau. Er platzierte die alte Frau auf einen Stuhl vor dem Schreibtisch und sagte streng: »Erzähl uns, was du weißt, Michelbergerin. Bei Aussageverweigerung in solch einem wichtigen Fall wirst du eingesperrt, das kannst du mir glauben.«

Die Michelbergerin stellte ihr Keifen ein und brummelte: »Jaja, ich sag ja schon alles.« Dann berichtete sie, dass sie als die nächste Nachbarin des Bergleitner bezeugen könne, dass er in der besagten Nacht gegen ein Uhr, »kurz nachdem d' Glockn geschlagen hat«, ziemlich schwankend heimgekommen sei, sich vor sein Haus gesetzt und mehrfach laut ein Lied, das er oft singe und in dem so etwas wie »Internationale« vorkomme, gesungen habe. Dann habe er begonnen, sein Holz zu spalten.

»Und das in aller Herrgottsfrüh«, ergänzte die Alte tadelnd. Sie könne schon seit Jahren wegen ihres Rückenleidens kaum mehr schlafen und sitze meist des Nachts in ihrem Lehnstuhl am Fenster.

Nach der widerwilligen Aussage der Michelbergerin berichtete der Fanderl, der Wirt vom »Seeblick« könne bezeugen, dass der Fritz Bergleitner kurz vor eins zusammen mit allen anderen Streithammeln die Gaststätte verlassen hatte. Damit habe der Herr Bergleitner, wie Fanderl sehr formell bestätigte, eindeutig ein Alibi und könne gehen. Was aus der Anzeige wegen Beamtenbeleidigung und Widerstand gegen die Staatsgewalt werden würde, müsse man sehen, doch Benedikt und Fanderl waren sich insgeheim einig, dass sie die Sache unter den Tisch fallen lassen würden. Der Bergleitner wurde entlassen und verließ zusammen mit der Michelbergerin die Amtsstube.

Beim Hinausgehen hörten sie, wie sie zu ihm sagte: »Des kost dich jetzt an Extrasteig Holz, dass ich für dich ausgesagt hab. Ich hab's nur für dein seligen Vater gemacht. Des war ein vernünftiger Mensch, ned so a Spinner wie du.«

Draußen vor der kleinen Polizeistation saß, wie immer

seine Pfeife schmauchend, der Xaver Lechner. Er erhob sich, als der Fritz aus der Tür trat, klopfte ihm kräftig auf die Schulter und sprach: »Jetzt hast dir an Schnaps verdient!«

Einmütig gingen sie zusammen in Richtung »Seeblick«, die Michelbergerin würdigten sie keines Blickes mehr.

Es war spät geworden, der Fanderl war blass und gähnte verstohlen, und auch Benedikt fühlte sich erschöpft.

»Wir machen Schluss für heute«, sagte er zum Fanderl. »Geh ins Bett und untersteh dich, heute noch den Bericht zu schreiben. Dafür ist morgen auch noch Zeit.«

Der Fanderl nickte und wollte gerade gehen, als es an der Tür klopfte. Benedikt öffnete, und vor ihm stand die Therese. Sie blickte an Benedikt vorbei zum Fanderl und stieß einen kleinen Schreckenslaut aus.

»Gustl, bist schwer verletzt?«, rief sie. »Komm mit, ich mach dir essigsaure Tonerde drauf.«

»Ach, das ist doch nur eine Bagatelle«, antwortete der Fanderl wegwerfend, doch über sein derangiertes Gesicht ging ein glückliches Strahlen.

»Gehts zu, ihr zwei, und lass dich gut pflegen, Gustav«, meinte Benedikt schmunzelnd.

Die Therese hängte sich beim Fanderl ein, und in kürzester Zeit waren die beiden verschwunden.

Benedikt machte sich auf den Weg zum Gasthaus und freute sich nach diesem anstrengenden Tag nur noch auf ein kühles Bier und sein Bett. Doch kurz vor dem »Seeblick« kamen ihm in der Dämmerung zwei Gestalten entgegen, und erst als sie ganz nahe vor ihm standen, erkannte Benedikt das Annamirl und einen ihm unbekannten jungen Mann. Dieser blickte ihn angstvoll an und machte einige Schritte rückwärts, doch Annamirl griff nach seiner Hand und sagte: »Der Ludwig will eine Aussage machen, Herr Polizist.«

So saßen sich wenige Minuten später Benedikt, Annamirl und der Ludwig Meierhofer am Schreibtisch der Wachstube gegenüber. Der Aschenbecher des Hofer war längst geleert, lange Zeit war gelüftet worden, und doch hing der Zigarrenqualm des kranken Kollegen immer noch in der Luft.

Benedikt hatte vom Fanderl erfahren, dass es dem Hofer etwas besser ging und dass er vielleicht nächste Woche nach Hause kommen könne, aber dann sei noch eine vierwöchige Kur in Bad Reichenhall geplant, natürlich ohne jeglichen Nikotingenuss.

Ludwig Meierhofer fühlte sich sichtlich unwohl, doch Annamirl hielt seine Hand, so wie sie es am Nachmittag bei der Luise getan hatte, und sprach ihm Mut zu.

»Ich musst es tun, ich hätt's schon viel früher machen sollen«, stammelte er ein wenig unzusammenhängend. »Ich konnt's nimmer mit ansehen, wie die Luise leidet, und schließlich bin ich doch jetzt der Mann im Haus.«

»Erzähl einfach, Ludwig«, ermunterte ihn Annamirl, und auch Benedikt nickte ihm zu, verhielt sich aber, die Regeln Professor Adumeits befolgend, zurückhaltend und stellte noch keine Fragen.

»Ich hab das Bild geholt, das von der Luise, auf dem sie …«, begann Ludwig und verstummte wieder.

Annamirl legte ihm den Arm um die Schulter und streichelte ihn, und in diesem Moment begriff Benedikt, dass die beiden ein Liebespaar waren.

»In der unruhigen Nacht, in der der Krach unten im Wirtshaus war, da hab ich nicht geschlafen, weil ich immer an die Luise und ihre Heirat mit dem Stefan denken musst, und da bin ich hinunter zum Sachrang«, berichtete Ludwig nun mit etwas klarerer Stimme. »Ich wollt mit ihm reden und ihn bitten, dass er mir das Bild gibt. Ich hätt ihm auch Geld dafür gegeben. Ich hab ein paarmal geklopft und hab auch geglaubt, dass sich drinnen was bewegt, aber da muss ich mich wohl getäuscht haben, denn als ich eingetreten bin …« Nun verstummte Ludwig wieder für einen Moment.

»Da ist er am Boden gelegen, ganz verdreht, alles voller Blut, der Kopf zerschlagen, ich hab gleich gesehen, dass er tot ist. Die Staffelei war umgefallen, ein Fuß davon hat gefehlt. Ich hab nicht lang suchen müssen nach dem Bild, es stand direkt hinter einem Fischerbild an der Wand.«

»Vielen Dank für Ihre Aussage, Herr Meierhofer«, sagte Benedikt, der einfach gefühlsmäßig glaubte, was ihm der Ludwig da erzählt hatte. »Sie können vorerst gehen, doch halten Sie sich bitte zu unserer Verfügung und verlassen Sie den Ort nicht.«

Ludwig Meierhofer blickte ihn erstaunt und zweifelnd an.

Annamirl stieß ihn in die Seite.

»Ich hab's dir doch gesagt, komm jetzt. Vielen Dank, Herr Polizist.« Und sie deutete tatsächlich einen leichten Knicks an.

Als die beiden gegangen waren, verschränkte Benedikt die Arme auf dem Tisch, legte den Kopf darauf und schloss die Augen. Ein langer Tag voller Ereignisse und neuer Erkenntnisse lag hinter ihnen. Was würde der nächste wohl bringen?

Nägel mit Köpf

Es ging schon bald auf Mitternacht zu, und der Ort schlief, bis auf die alte Michelbergerin, die mit ihrem krummen Rücken nicht mehr liegen konnte, am Fenster saß, mit offenen Augen vom alten Bergleitner selig träumte und was für ein stattlicher Mann er doch seinerzeit gewesen war. Doch noch eine war hellwach und eilte mit raschen, beflügelten Schritten den Weg vom Riedingerhof hinunter, es war die Luise.

Nach ihrer Aussage bei dem Münchner Kommissär mit den gütigen Augen und dem Fanderl, den sie, trotz seines nicht sehr eindrucksvollen Äußeren, schon immer gern gemocht hatte, fühlte sie sich so leicht wie schon lange nicht mehr. So beschloss sie, wie ihr verstorbener Vater oft gesagt hatte, »Nägel mit Köpf« zu machen und auch ihren zweiten schweren Gang zu tun. Gleich vom »Seeblick« aus hatte sie sich aufgemacht zum Riedingerhof.

»Grüß Gott, Mutter Riedinger, ich will zum Stefan«, hatte sie mit sehr bestimmter Stimme zur Riedingerbäuerin gesagt, die ihr die Tür aufmachte.

Die Riedingerin wies voller Erstaunen in die Stube, wo der Stefan auf der Eckbank saß, ein Bier trank und die Abrechnung vom Pferdemarkt machte. Der Stefan schaute die Luise mit großen Augen an, und in seinem überraschten Blick lagen Freude, Wut und Schmerz, aber auch Zuneigung.

»Luise«, sagte er, und seine Stimme klang heiser und brüchig.

Luise war in der Mitte des Raumes stehen geblieben.

»Stefan, ich …«, flüsterte sie, dann brach ihr die Stimme, und eine Träne lief ihr über die Wange.

»Setz dich her zu mir«, erwiderte er. »Magst auch ein Bier?«

Luise schüttelte den Kopf, und eine ganze Zeit lang saßen sie sich schweigend gegenüber. Dann begann Luise zu sprechen, sie erzählte alles und beschönigte nichts. Stefan Riedingers wettergegerbtes, gebräuntes Gesicht war grau geworden, und er saß unbeweglich.

Als sie geendet hatte, schwieg er noch eine Weile, dann sagte er: »Ich hab mit dem Mord am Sachrang nichts zu tun, das hab ich auch den Polizisten gesagt. Aber das Bild von dir, das muss verschwinden, und zwar schnell. Und den Moser und seine Konsorten, die knöpf ich mir vor.«

Dann stockte der Stefan ein wenig, blickte in Luises Augen und ergänzte: »Und mit uns zwei, das wird nicht leicht werden.«

»Das heißt, du willst mich noch?«, stammelte Luise, und er nickte und zog sie an sich.

Sie versuchten einen Kuss, in Erinnerung an die vielen schönen Küsse, die sie vor langer Zeit in einem viel leichteren, einfacheren Leben getauscht hatten, und es gelang ihnen ganz gut.

Stefan, der eigentlich kein Mann von Zärtlichkeiten war, strich sanft über Luises etwas zu lange Nase, schob ihr eine dunkle Locke aus der Stirn und meinte lächelnd: »Grias di, Riedingerbäurin!«

Das rote Cabrio und Cognac mit Tabletten

Es war gegen Mittag, als Adelheid, eine verwegene Lederkappe auf dem Kopf, im kleinen roten Cabrio bei Franzi vorgefahren kam. Doch diese war noch mit Frau Hitzelsberger beschäftigt, die mit ihrem violetten Federhut nicht so ganz zufrieden war.

Zu Recht, dachte Franzi, doch das lag nicht an ihrer Kreation, sondern am fleischigen runden Kopf der Hitzelsberger, auf dem sich der Hut ausgesprochen lächerlich ausnahm, und an dem wallenden grünen Seidenkleid, das sie mit dem violetten Hut zur Hochzeit tragen wollte. Wie ein lächerlicher Paradiesvogel sah sie aus, und Adelheid, die nun dazutrat, dachte das Gleiche, als sie Franzis verzweifeltes Gesicht sah.

»Gnädige Frau, ich würde Ihnen raten, den Hut für eine andere Gelegenheit aufzuheben und stattdessen die kleine dunkelgrüne Blumenkappe hier ins Haar zu stecken«, meinte sie.

Und Adelheid nahm, ohne zu fragen, die Kappe aus dem Schaufenster und setzte sie der Hitzelsberger auf den Kopf.

»Dazu heller Puder, nicht zu viel, ein Hauch Grün auf die Lider und kräftiges Dunkelrot auf Wangen und Lippen. Ich weiß, wovon ich rede, ich bin vom Fach.«

Frau Hitzelsberger war begeistert, drehte und wendete sich vor dem Spiegel und rauschte schließlich befriedigt mit zwei Hutschachteln ab.

»Pfiad euch, ihr Hüterl, wir fahren jetzt an den Chiemsee«, rief Adelheid und ließ ihrer Freundin kaum mehr Zeit, ein paar Sachen einzupacken.

Als sie, neugierig beäugt von den Verkäuferinnen der

Bäckerei Wimmer gegenüber, abfuhren, lockerten sich die dunklen Wolken am Himmel auf, die Sonne kam wärmend hervor, und hinter Bad Aibling öffnete Adelheid das Verdeck des kleinen Cabrios.

Johann von Lindgrubers Hand zitterte, als er den Telefonhörer auflegte. Von Anfang an war es kein guter Tag gewesen. Schlecht, mit stechenden Schmerzen im Rücken, war er aufgestanden und hatte nur die Hälfte seines morgendlichen Ausritts absolvieren können. Dann waren die Rückenschmerzen einfach zu stark geworden. Nach dem Frühstück, bei dem die Haushälterin Herta die Frühstückseier einfach vergessen hatte, hatte ihn überraschend sein alter Freund Georg Schwärzler, Direktor der Maschinenfabrik Harth, angerufen.

»Meine verrückte Tochter Adelheid rast wieder mit meinem Auto durch die Gegend«, berichtete dieser, »und weißt du, wen sie wo besucht? Deinen Sohn Benedikt, der da in einem Kaff am Chiemsee einen Mordfall lösen soll. Nein, nein, die haben nichts miteinander, der ist beim besten Willen nicht der Typ für meine Adelheid. Aber sie hat ihre Freundin Franziska Reger dabei, du weißt schon, diese extravagante Hutmacherin, zu der gerade alle Münchner Damen eilen. Die soll ein Gschbusi mit deinem Sohn haben.«

Johann von Lindgruber gab sich am Telefon äußerst unbeteiligt, fragte nach dem Wohlergehen von Georgs Frau und plauderte noch kurz über das wieder wunderbare Spätsommerwetter, bevor er sich verabschiedete. Dann schenkte er sich den zweiten Cognac des Tages ein, trat ans Fenster und blickte hinunter in den Park.

Plötzlich sah er Vera in einem luftigen weißen Sommerkleid dort unten an dem kleinen japanischen Teetischchen sitzen, die Buben tollten mit einem Ball herum und ruinierten den Rasen, die Mädchen spielten im Schatten der großen Buche mit ihren Puppen.

Irgendwann war diese Idylle zerbrochen, die grauen Schleier der Melancholie hatten sich mehr und mehr auf Vera gelegt, bis sie – nur er und Dr. Felsenstein wussten davon – ihrem Leben ein Ende gesetzt hatte. Die Kinder, allen voran Benedikt, waren ihm mehr und mehr entglitten. Seit fünf Jahren hatte er seinen Sohn nicht mehr gesehen, und die Gründe, die zu ihrem Bruch geführt hatten, erschienen von Lindgruber nun fast nichtig.

Natürlich verfolgte er Benedikts Werdegang; er war gut bekannt mit einigen leitenden Herren des Polizeipräsidiums und hörte von ihnen nur Gutes, und zwischendurch beauftragte er diesen seltsamen kleinen Frieder, ein wenig im Privatleben seines Sohnes zu schnüffeln. Doch auch das war nahezu untadelig: wenige kurze Amouren, viele Fahrradtouren, Museums- und Theaterbesuche, eine Schafkopfrunde im »Franziskaner« und – darüber machte sich von Lindgruber etwas Sorgen – eine äußerst liberale, wenn nicht gar sozialdemokratisch gefärbte politische Einstellung. Auch über die Verbindung zu der Hutmacherin war er natürlich schon unterrichtet.

Johann von Lindgruber wusste, dass seine letzte Lebensstrecke nicht mehr sehr lang sein würde, und als das Zittern seiner Hände etwas nachgelassen hatte, griff er erneut zum Telefon und rief den Oberregierungsrat Dreissiger in Rosenheim an. Eigentlich mochte er diesen Dreissiger nicht, wegen seiner subalternen, dienernden Art und seiner Begeisterung für die Nationalsozialisten, doch sie waren alte Jagdbrüder, und der Dreissiger war ihm stets gern zu Diensten. So war es auch diesmal, und nicht einmal eine halbe Stunde später war Johann von Lindgruber über alles bestens informiert.

Er schenkte sich, wohl wissend, dass es sich mit seinen starken Medikamenten nicht vertrug, noch einen Cognac ein, blickte erneut aus dem Fenster auf seinen mittlerweile ein wenig verwilderten Park und musste sich eingestehen, dass er so etwas wie Stolz auf seinen Sohn empfand. So wie der Dreissiger es geschildert hatte, ging Benedikt den schwierigen Fall um diesen Maler äußerst geschickt an, zumal er fast ganz auf sich allein gestellt war und nur einen jungen Wachtmeister zur Hilfe hatte. Vielleicht hatte der Junge damals doch die richtige Entscheidung getroffen. Seine Weigerung, sich mit der langweiligen Reitzenstein ins Ehebett zu legen, hatte er eigentlich schon seinerzeit gut nachvollziehen können.

Es ist höchste Zeit, mit den alten Geschichten abzuschließen, ich habe nicht mehr viel Zeit, dachte Johann von Lindgruber, spülte eine bitter schmeckende Pille mit dem letzten Schluck Cognac hinunter und rief: »Hans, können Sie eine Nachricht für mich verfassen und überbringen?«

Erst dann fiel ihm ein, dass der Sekretär Hans schon seit Monaten nicht mehr da war, dass er ihn selbst entlassen hatte und seine Nachricht nun der begriffsstutzigen Haushälterin diktieren musste.

Leo Bippler und Ermittlungswirrwarr

Leo Bippler sammelte Altholz, Altmetall und alles, was sonst noch so zu gebrauchen war. Er kam damit gerade so über die Runden und war froh, wenn es mittags für einen Leberkäs und abends für ein paar Helle reichte. Mit seinem Handwagen zog er von Ort zu Ort und schaute, was sich so anbot. An diesem Tag, der wiederum ein strahlender Spätsommertag zu werden versprach, war er in der kleinen Gemeinde am Chiemseeufer unterwegs. Verschiedene Bauern, die wussten, dass er bald wieder an ihre Hoftür klopfen würde, hatten ihm schon so einiges zurechtgelegt, und sein Karren war bereits gut gefüllt.

»Hinten bei uns beim alten Stadl an der Obstwiesn liegt noch Altholz«, hatte ihm der Xaver Lechner vom Huberhof im Vorübergehen gesagt, und so machte sich der Leo dorthin auf den Weg.

Zuerst aber klopfte er wie immer bei der Huberbäuerin. Er sah so üppige Frauen, wie sie es war, sehr gerne, und außerdem hatte die Huberin immer etwas zum Essen für ihn. Doch als sie ihm öffnete, schrak er doch etwas zurück, denn die ansprechende Üppigkeit der Huberin, die er über ein Jahr nicht gesehen hatte, war einer erschreckenden Fettleibigkeit gewichen. Die Hausschürze spannte über ihrem ausladenden Bauch, und ihre früher so schönen großen Augen verschwanden fast in fleischigem Gesichtsspeck. Der Schweiß stand ihr auf der Stirn, und sie verströmte einen säuerlichen Geruch.

Doch die Aussicht auf ein Speckbrot oder eine andere Köstlichkeit ließ für Leo Bippler die unschöne Erscheinung der Agathe in den Hintergrund treten, er verneigte sich charmant und sagte: »Grüß Gott, schöne Frau!« Insgeheim dachte er, dass er die Freude an einer schönen weiblichen Figur heute ja noch bei der Hilda Mayer aus Seeon genießen konnte. Die war seinen Komplimenten gegenüber und manchmal auch ein paar Zärtlichkeiten meistens nicht abgeneigt.

Wie erwartet stellte die Agathe Huber dem Leo etwas zu essen auf den Tisch, setzte sich ihm schwer atmend gegenüber und fragte: »Hast es schon gehört, Leo?« Dann berichtete sie ihm ausschweifend und blumig von dem Mord am Josef Sachrang, dass der Bergleitner Fritz zuerst verdächtig gewesen sei und jetzt der Ludwig Meierhofer.

In wirren Sätzen, mit unstetem Blick und sich ständig den Schweiß von Gesicht und Ausschnitt wischend, erzählte die Agathe, und als sie sich zunehmend in Einzelheiten verlor und anfing, über die Einsilbigkeit ihres Gatten und die Schwatzhaftigkeit der alten Michelbergerin zu klagen, aß der Leo sein Brot auf, so schnell es ging, und verabschiedete sich rasch. Dann zog er seinen Karren hinaus zur Obstwiese der Hubers, wo hinter dem alten Stadl das noch sehr brauchbare Holz aus dem Abriss eines alten Geräteschuppens lag.

Leo begann das Holz zu sichten, lud, was ihm gut erschien, auf seinen Wagen und setzte sich dann, einen kräftigen Schluck aus seinem Flachmann nehmend, auf den Rand seines Karrens. Er ließ den Blick über die Wiese und den Weg davor schweifen und versuchte, die unguten Gedanken an die nahende kalte Jahreszeit, die für sein Geschäft immer sehr abträglich war, zu vertreiben.

Da sah er am Wegesrand etwas aufblitzen. Ein wenig steifbeinig ging er dorthin und bückte sich. Was er da in Händen hielt, hatte er noch nie gesehen und wusste auch nicht, was es war. Es war ein versilbertes oder bronzenes

Kreuz, größer und breiter, als er es je an einem Frauenhals gesehen hatte, und es hing an einem dunklen Band, das zerfetzt und abgerissen aussah.

Leo wog es in der Hand und überlegte. Dann beschloss er, es einzustecken und es bei seinem nächsten Besuch in Rosenheim dem Trödler Kleberer zu zeigen. Der kannte sich mit so was aus, vielleicht war das Stück etwas wert.

Während Leo Bippler mit seinem Karren unterwegs war, hatten Benedikt und Fanderl in der Wachstube, die nun doch zu ihrem Hauptstandort geworden war, schon ihre Morgenbesprechung abgehalten. Fanderl wirkte ausgeruht, seine Verletzungen waren schon etwas geheilt, und er strahlte über das ganze Gesicht.

Benedikt konnte sich nicht verkneifen zu fragen: »War die Behandlung mit der essigsauren Tonerde angenehm?«

Der Fanderl errötete leicht, ging aber dann auf den scherzhaften Ton Benedikts ein. »Sehr wohltuend!«

Benedikt berichtete ihm ausführlich vom Ludwig Meierhofer und vom Annamirl, Fanderl lauschte aufmerksam und notierte eifrig in sein kleines schwarzes Buch. Abschließend sagte er: »Dass der Ludwig das war, ist für mich undenkbar. Da könnt ich glatt die Hand ins Feuer legen dafür; ich kenn ihn von klein auf, er ist eine Seele von Mensch.«

Benedikt wies darauf hin, dass auch die sanftesten Menschen zu Taten im Affekt fähig seien, ergänzte dann aber, dass er sich das eigentlich auch nicht vorstellen könne.

»Ich glaube außerdem, dass das Annamirl und der Ludwig ein Paar sind, wusstest du das?«

Dem Fanderl blieb der Mund offen.

»Des haben s' aber gut verborgen, die zwei«, sagte er erstaunt.

»Ich sag dir ehrlich, dass ich nicht mehr recht weiterweiß«, meinte Benedikt leicht verzweifelt. »Alle Verdächtigungen lösen sich sozusagen in Luft auf.«

Fanderl nickte zustimmend und erzählte, dass er auf der Polizeischule gelernt habe, in solchen Situationen einfach weiterzuermitteln; oft öffne sich mitten in der Routinearbeit überraschend eine Tür. Benedikt nickte und dachte an ganz ähnliche Worte seines Mentors Adumeit.

»Wir sollten als Nächstes die Herren von der Bewegung anhören«, meinte Fanderl, wobei er das Wort »Bewegung« derart verächtlich aussprach, dass dies Benedikt eine wahre Freude bereitete. »Soweit ich weiß, hat der Moser heute Mittag einen Wahlkampfauftritt in Seebruck.« Und Benedikt wusste die Kenntnisse lokaler Ereignisse seines Assistenten wieder einmal sehr zu schätzen.

»Da müssen wir hin«, sagte er sofort. »Aber diesmal nehmen wir das Auto. Du hast es doch wieder aufmöbeln lassen?«, fragte er den Fanderl, und dieser nickte.

In diesem Moment klingelte draußen die Fahrradglocke des Briefträgers, und kurz darauf betrat dieser erhitzt und schnaufend den Raum und rief etwas kurzatmig: »Telegramm für den Herrn Oberkommissär!«

Benedikt dachte als Erstes an eine dringliche Order seines Chefs in München, dann an Franzi und schließlich noch an eine eventuelle Nachricht der Nürnberger Polizei, wo er sich vor einiger Zeit, weil er sich wieder einmal über den Schulze-Kaiser geärgert hatte, als Dienststellenleiter beworben hatte. Mit ein wenig zitternden Händen öffnete er den Umschlag, las und sank dann auf den nächsten Stuhl.

»Mein Vater«, sagte er tonlos.

»Um Gottes willen, ist was passiert?«, rief Fanderl.

»Nein, nein«, entgegnete Benedikt, »er kommt heute Abend hierher.«

»Aber … des is doch schön, freust dich nicht?«, fragte Fanderl, der gerne noch einen Vater gehabt hätte, verwundert.

So kam es, dass Benedikt dem Fanderl seine schwierige Familiengeschichte erzählte und hinterher das Gefühl hatte, einen neuen Freund gewonnen zu haben.

»Des wird wieder gut mit deinem Vater, ich spür's«, meinte Fanderl. »Aber jetzt machen wir uns auf nach Seebruck.«

Überraschender Besuch

Doch als hätte dieser Tag nicht schon genug Überraschungen bereitet, hielt, gerade als sie am Aufbrechen waren, ein kleines rotes Cabriolet mit offenem Verdeck mit quietschenden Reifen vor der Wache. Fanderl betrachtete begeistert das Auto und noch begeisterter die beiden Damen, die ihm entstiegen. Die große Blonde, die das Auto gelenkt hatte, nahm ihre verwegene Lederkappe ab, schwang sich aus dem Wagen und schüttelte ihr modisch geschnittenes kurzes Haar. Die andere Dame, klein und graziös, mit einer eigenwilligen grasgrünen Schildmütze auf den dunklen Locken, entstieg dem Auto etwas zögerlicher.

Das sind eindeutig Damen aus der Stadt, die haben sich wohl verfahren, dachte Fanderl.

Dann jedoch rief die große Dame, an Benedikt gewandt, lautstark: »Na, Herr Oberkommissär, jetzt schaun S' aber wie der Ochs am Berg«, und die kleine Dame breitete ihre Arme aus, flog auf Benedikt zu und rief: »Nicht bös sein, Benni, wir mussten einfach kommen.«

»Ihr seids ja verrückt«, donnerte Benedikt. »Ich bin mitten in einer laufenden Ermittlung, da könnt ihr doch nicht einfach so mir nichts, dir nichts hier auftauchen!«

Dann jedoch ging ein Strahlen über sein Gesicht, und er nahm die kleine Dame in seine Arme, und sie küssten sich so, dass Fanderl gar nicht mehr wusste, wo er hinschauen sollte.

Die große Dame kam auf Fanderl zu, reichte ihm die Hand und stellte sich vor: »Adelheid Schwärzler aus München, grüß Gott«, und sie musterte mitleidig Fanderls noch immer etwas entstelltes Gesicht.

»Da hilft nur essigsaure Tonerde«, meinte sie anteilnehmend.

Nachdem Benedikt auch den Fanderl und die Franzi einander vorgestellt hatte, kamen sie überein, dass die Damen zum Mittagessen beim »Seeblick« einkehren und hinterher einen kleinen Spaziergang machen sollten, bis Benedikt und Fanderl wieder aus Seebruck zurückkämen.

»Wir nehmen natürlich ein Zimmer im Gasthaus, wir wollen mindestens bis morgen bleiben. Übermorgen habe ich dann einen Boxkampf«, rief Adelheid fröhlich.

Fanderl glaubte sich verhört zu haben, doch Benedikt klärte ihn darüber auf, dass es in München schon seit einigen Jahren Boxclubs und auch richtige Boxwettkämpfe für Frauen gab und Adelheid eine Meisterin ihres Fachs sei. Außerdem sah Fanderl, wie Benedikt und Franzi in Erwartung einer gemeinsamen Nacht bedeutungsschwere und sehnsuchtsvolle Blicke tauschten, die alles sagten. So gut kannte er sich in der rätselhaften Welt der Liebe nun doch schon aus.

»Ich hol schon mal das Auto«, sagte Benedikt und warf Franzi noch einen letzten liebevollen Blick und eine Kusshand zu.

Die Damen stiegen wieder in ihr kleines rotes Gefährt und brausten davon.

Jetzt endlich sollte es nach Seebruck gehen, doch wie an diesem Tag schon fast üblich kam erneut eine andere Sache dazwischen. Fanderl wollte eben die Tür zur Polizeistation verschließen, als plötzlich Anna Leitmoser vor ihm stand. Anna Leitmoser war Hebamme, hatte schon unzähligen Kindern in der Gegend auf die Welt geholfen und stand den Chiemgauerinnen nicht nur bei Geburten, sondern auch bei allen anderen Frauenbeschwerden tatkräftig zur Seite.

»Wir haben hier keine Geburt, da musst du dich getäuscht haben, Anna«, scherzte Fanderl, doch die Hebamme schien nicht zu Scherzen aufgelegt.

»Es geht um die junge Margret von Breitbrunn droben«, sagte sie. »Seit fast einer Woche schau ich jeden Tag nach ihr, sie hat hohes Fieber und blutet ohne Unterlass. Der Doktor will sie heut ins Krankenhaus bringen lassen. Sie weint und klagt unentwegt; gestern hat sie mir ein wenig erzählt und auch Namen genannt, und da hab ich mir gedacht, ich muss damit zu euch.«

So schloss der Fanderl die Tür zur Wachstube wieder auf, stellte der Anna den Benedikt Lindgruber aus München vor, und erneut saßen sie um den immer noch nicht sehr aufgeräumten Schreibtisch des Hofer.

»Die Eltern von der Margret wollen natürlich, dass nichts davon nach draußen dringt«, berichtete die Hebamme. »Aber ich finde, dass es meine Pflicht ist, das anzuzeigen.« Und dann erzählte sie, dass die junge Margret wohl auch zu den Gästen des Sachrang gehört habe.

»Das junge, dumme Ding hat gedacht, dass der es ernst mit ihr meint, aber er hat ihr doch nur schöngetan. Und da ist wohl bei einer nächtlichen Feier mit mehreren Gästen letzte Woche die Sache aus dem Ruder gelaufen.« Daraufhin nannte die Anna Leitmoser Namen, die Benedikt und Fanderl schon fast erwartet hatten.

Philomena spricht Klartext

In Seebruck warteten mittlerweile die Parteigenossen und schon einige Besucher ungeduldig auf den Moser. Dieser aber saß zu Hause auf dem Abort und hatte schrecklichen Durchfall. Alles schoss nur so aus ihm heraus, sein Herz raste, und der kalte Schweiß stand ihm im Gesicht.

»Da war wohl die Sülz gestern Abend nicht gut«, mutmaßte er, wusste aber insgeheim schon, woher die ganze Angelegenheit rührte.

Als er am gestrigen Abend wieder einmal spät nach Hause gekommen war, hatte die Philomena angefangen, lautstark zu zetern und zu schimpfen, und ein Wort hatte das andere gegeben. Schließlich war es dem Moser zu bunt geworden, er hatte der Philomena einen kräftigen Schlag versetzt, sie war gestürzt und hatte nun Blutergüsse an der Schulter und am Arm, und ihre Wange leuchtete feuerrot.

Doch anstatt zu weinen und zu klagen, war sie aufgestanden, ins Nebenzimmer gegangen und mit ein paar Unterhosen und Hemden von ihm zurückgekommen. Die hatte sie vor ihn auf den Tisch gelegt, hatte auf die verdächtigen Spuren und die Blutspritzer gezeigt und eiskalt gesagt: »Ich weiß genau, was du da beim Sachrang getrieben hast. Ich bin doch nicht deppert. Du treibst es mit halben Kindern, das hab ich gehört, und bei mir hast du seit Jahren deine ehelichen Pflichten nicht mehr erfüllt. Und wo hast du dein bronzenes Kreuz für die besonderen Verdienste um die Partei gelassen? Hast es wohl bei einem deiner Techtelmechtel verloren? Oder hast gar was mit dem Mord an dem Maler zu tun? So geht's nicht mehr weiter, ich überleg mir, ob ich zum Prälat geh und unsere Ehe annullieren lass.«

Das hatte dem Moser gerade noch gefehlt, das war das Ende für ihn und seine Karriere. Ihm wurde noch übler, sein Bauch rumorte hörbar, und geschwächt wankte er verzweifelt in sein Bett zurück. Stöhnend wälzte er sich hin und her. Wenn er die Augen schloss, kamen die schrecklichen Bilder, die er nicht sehen wollte, machte er sie auf, wurde ihm schwindlig, und alles drehte sich. Er hörte, wie draußen die Wohnungstür ins Schloss fiel, schlich in die Küche und fand dort einen Zettel.

»Bin bei der Tante Berta. Untersteh dich, dort aufzutauchen!«

Der Moser schlug mehrfach seinen eh schon schmerzenden Kopf gegen den Küchenschrank, dass es nur so klirrte, und begann zu weinen.

»Evi, komm doch, hilf mir«, schluchzte er.

Doch die Evi kam nicht; sie war böse auf ihn, weil er sie ins Wasser gestoßen hatte damals. Warum hatte sie sich auch nicht küssen lassen von ihm, so ganz unschuldig, er war doch ihr Bruder?

Der Moser griff nach der Flasche mit dem Enzianschnaps, die auf der Kommode stand, ließ sich auf einen Küchenstuhl fallen, und erst nach geraumer Zeit wurde ihm bewusst, dass er es war, der diese stöhnenden dunklen Laute ausstieß, die klangen wie die eines verendenden Tieres.

Und plötzlich war er nicht mehr der große, wichtige Moser, der bedeutende Parteigenosse, begnadete Redner und trinkfeste Stammtischbruder. Nein, er war wieder der Karli, der im Hof Ball spielte, und oben am Fenster stand die Evi, mit der Linken umschlang sie ihre zerschlissene Stoffpuppe, und mit der Rechten winkte sie ihm zu. Sie trug eine zu weite klein karierte Bluse, die am Hals ihre zarten Schlüsselbeine freigab und, als sie den Arm hob, ihre weiße Achselhöhle mit ein wenig blondem Flaum darin zeigte.

Karl Moser wankte, die Enzianflasche in der Hand, ins Schlafzimmer und holte Philomenas Schlafpulver aus der Kommode, schüttete sich den gesamten Inhalt in den Mund und spülte mit Enzian nach. Er ging zurück in die Küche – einen Moment war ihm, als hörte er die Türglocke schellen und jemanden rufen –, dann griff er sich Fritzili, der die ganze Zeit winselnd zu seinen Füßen gelegen hatte.

Der Moser drehte den Gashahn auf und legte seinen Kopf in das Backrohr, wo es noch ein wenig nach dem Gugelhupf roch, den die Philomena am Vortag gebacken hatte. Dann zog er Fritzili zärtlich an sich und murmelte mit brechender Stimme: »Komm mit mir, mei Hundi, mir gehen jetzt zur Evi!«

Das uralte Polizeiauto kommt zum Einsatz

Das uralte Polizeiauto ratterte und klapperte, und Benedikt, der die flotteren Modelle der Bayerischen Motoren Werke gewohnt war, hatte Probleme mit der Gangschaltung. Fanderl saß angestrengt daneben, umklammerte den Türgriff und war fast genauso bleich wie seinerzeit beim Auffinden des toten Sachrang.

Als sie in Seebruck vor der Gaststätte, in der die Versammlung stattfinden sollte, vorfuhren, verließen gerade etliche Menschen die Wirtschaft.

»Des is eine Unverschämtheit. Jetzt sind wir extra wegen dem Moser hergekommen, und dann erscheint er einfach ned«, rief ein älterer Herr im Lodenjanker erbost, und Benedikt und Fanderl erfuhren gleich darauf, dass der Moser nicht gekommen war.

Zwei Parteigenossen hatten versucht, die Veranstaltung an seiner statt zu leiten, doch die Leute wollten den Moser hören und waren reihenweise gegangen. Im Hintergrund sahen Benedikt und Fanderl noch einige wenige Männer am Tisch sitzen und debattieren.

»Wir müssen zum Moser nach Hause, und zwar schnell, da stimmt was nicht!«, rief der Fanderl, rannte zum Wagen, und ohne Rücksicht auf das Getriebe des alten Gefährts raste Benedikt nun in Richtung Rosenheim.

Und wieder hatte niemand Zeit für einen Blick auf den See, der glatt und klar wie verzaubert in der Spätsommersonne lag, und keiner der beiden erblickte die fernen Umrisse der weißen schroffen Ungetüme der Loferer Steinberge, die man nur bei ganz besonderer Wetterlage sehen konnte.

Es war schon später Nachmittag, als sie in Rosenheim einfuhren. Ein paar Straßen vom Haus des Moser entfernt kam ihnen ein Pferdegespann entgegen, auf dem hinter dem Kutscher eine üppige Dame thronte, die einen etwas lächerlich wirkenden, zu kleinen Trachtenhut auf ihrer Hochsteckfrisur trug. Ihr rundliches Gesicht wirkte erhitzt, und sie wischte sich mit einem weißen Batisttüchlein den Schweiß – oder waren es Tränen? – vom Gesicht.

»Wenn ich mich nicht täusch, war das die Frau vom Moser, die Philomena; was ist denn da nur los?«, sagte Fanderl aufgeregt.

Dann waren sie auch schon vor dem stattlichen Bürgerhaus am Rosenheimer Marktplatz angekommen, in dem der Moser wohnte. Vor dem Haus stand ein vornehm wirkender Herr im Zweireiher und klopfte heftig gegen die Eingangstür.

»Ach herrje, der Dreissiger, der hat mir gerade noch gefehlt. Der war im ersten Jahr auf der Polizeischule mein Ausbilder«, stöhnte der Fanderl, und auch Benedikt erkannte den Rosenheimer Polizeichef sofort wieder.

»Moser, was ist denn los, so öffnen Sie doch um Gottes willen«, rief der Dreissiger und hämmerte nun mit seinem Gehstock gegen die schwere Eichentür.

Benedikt und Fanderl stiegen rasch aus dem Auto und traten zu ihm.

»Wir hatten um drei Uhr Abteilungsbesprechung im Amt. Er hat mir zugesagt, dass er direkt aus Seebruck dazukommt. Doch er ist nicht erschienen; auf Anrufe und das Läuten des Amtsboten hat auch niemand reagiert. Wir müssen etwas unternehmen, meine Herren«, rief der Dreissiger aufgeregt.

Er kam nicht auf die Idee, Benedikt und Fanderl zu begrüßen, und in seinen Worten schwangen Empörung und fast ein leichter Vorwurf. Benedikt begann, den Dreissiger bei seinem Klopfen und Rufen zu unterstützen, der Fanderl jedoch stand still und unbeteiligt neben ihnen und hob seine picklige Nase schnüffelnd in die Höhe.

»Gefahr in Verzug«, rief er dann. »Gasgeruch, die Tür muss sofort aufgebrochen werden!« Und Benedikt und er warfen sich mit aller Gewalt gegen die schwere Holztür, die jedoch keinen Deut nachgab. Der Dreissiger stand händeringend daneben, beteiligte sich aber in keinster Weise an der Aktion und wischte sich imaginäre Stäubchen von seinem Anzug.

»Hühnerleiter«, schrie Fanderl und schob Benedikt an die Wand unterhalb eines der Wohnungsfenster.

»So sind Sie mir doch bitte behilflich, Herr Rat«, kommandierte er weiter, und dem zögerlichen Dreissiger blieb nichts anderes übrig, als dem zierlichen Fanderl dabei zu helfen, Benedikts starke Schultern zu erklimmen.

Als Fanderl dort angekommen war, streckte er sich zum Fensterbrett, zog sich mit einem Klimmzug hinauf und zerschlug mit der bloßen Faust das Fensterglas.

»Respekt«, murmelte der Dreissiger und konnte gerade noch den herunterregnenden Glasscherben ausweichen.

Fanderl griff nach innen, öffnete in Sekundenschnelle das Fenster, und sofort schlug ihnen beißender Gasgeruch entgegen.

»Der liegt da vor dem Herd, er lebt noch, ich mach euch die Tür auf!«, schrie Fanderl hustend und würgend und öffnete kurze Zeit später für Benedikt und den Dreissiger, die sich vorsorglich Taschentücher vor Nase und Mund hielten, die Haustür.

In der gut ausgestatteten, sorgfältig eingerichteten Küche, die auf eine überaus tüchtige Hausfrau schließen ließ, lag der Moser vor dem Herd, neben sich die Enzianflasche.

Weißer Schaum stand vor seinem Mund, und sein Gesicht war blau angelaufen. Fritzili lag neben ihm, dick und aufgeschwollen hing ihm die Zunge aus dem Maul, seine Augen waren gebrochen, und er rührte sich nicht mehr. Die Hemdbrust des Moser hob und senkte sich jedoch deutlich; er lebte.

Nachdem sie rasch das Gas ausgeschaltet und alle Fenster geöffnet hatten, zog sich der Dreissiger ins Wohnzimmer zurück, um die entsprechenden Telefonate zu führen. Benedikt und Fanderl schleppten den schweren Moser hinaus aus der Küche in den Flur und betteten seinen Kopf auf eine Lodenjacke, die an der Garderobe gehangen hatte.

Der Moser öffnete kurz die Augen und röchelte.

»Evi, Evi, sei doch nicht bös mit mir!«

Ganz kurze Zeit später, der Dreissiger hatte rasche Arbeit geleistet, war der diensthabende Arzt aus Rosenheim zur Stelle, einige Minuten danach der Krankenwagen und nahezu gleichzeitig drei Mann der Rosenheimer Polizei. Als Benedikt den Arzt fragte, wann der Verletzte denn vernehmungsfähig sei, ging der Dreissiger dazwischen und ließ keine Antwort des Doktors zu.

»Darum kümmern wir uns, Herr von Lindgruber. Das ist Sache der hiesigen Dienststelle«, meinte er kurz angebunden und kühl.

»Uns liegt aber eine Anzeige gegen den Herrn Moser vor«, wandte Fanderl ein, doch der Dreissiger wedelte nur wegwerfend mit der Hand, als wäre der Fanderl eine lästige Fliege.

Benedikt konnte deutlich hören, wie Fanderls Zähne knirschten, und ganz leise, doch für ihn gut hörbar murmelte er: »Des war immer schon a bornierter Aff.«

So blieb den beiden nichts anderes übrig, als das Moserhaus zu verlassen. Der Dreissiger, der auf der Türschwelle stand, seine Polizisten herumkommandierte und gleichzeitig einem Reporter des Rosenheimer Blatts ein wichtigtuerisches Interview gab, würdigte sie keines Blickes mehr.

»Wir machen jetzt Schluss!«, beschloss Benedikt. »Vom Moser ist heute eh nichts mehr zu erwarten.«

»Ja, und außerdem wartet da doch eine schöne Frau«, scherzte Fanderl, und Benedikt ergänzte seufzend: »Und mein Vater!«

Der Vater

Der alte Herr von Lindgruber hatte wahrlich nicht lange auf sich warten lassen. Nein, wie angekündigt saß er, in einem dunklen schweren Lodenjanker, der so gar nicht zur Jahreszeit passen wollte, in der Abendsonne an einem der Gasttische vor dem »Seeblick«.

Benedikt erschrak, als er seinen Vater erblickte. Es schien ihm, als wäre er viel kleiner geworden, so eingesunken und zusammengeschnurrt wirkte er. Sein markantes Gesicht, das dem Benedikts so ähnlich gewesen war, war viel schmaler als früher, scharfe Falten hatten sich in Wangen und Stirn gekerbt, die Augen saßen noch tiefer, und sein Blick war müde und gequält. Eine Welle des Mitleids durchflutete Benedikt. Da saß ein alter, gebrochener Mann, nicht mehr der alles diktierende, keinen Widerspruch duldende Despot und Patriarch.

Schnell schritt er auf seinen Vater zu, und unwillkürlich streckte er die Arme nach ihm aus, so wie vor langer Zeit, als er noch nicht allein vom Pferd steigen konnte und der Vater ihm dabei helfen musste. Doch dann stockte er, seine Arme sanken herab, und er blieb wenige Meter vor dem Tisch des Vaters stehen, denn plötzlich schob sich vor den Anblick des Vaters das Abbild der Mutter. In einem zarten blauen Sommerkleid und mit einem Hut, den die Hutmacherin Franzi sicher wunderschön gefunden hätte, breitete die Mutter lachend die Arme aus und rief ihm etwas zu, was er aber nicht verstehen konnte. Eine ungeheure Sehnsucht nach ihr stieg in Benedikt auf, und er wollte sie – nur sie – sehen und umarmen und nicht jenen Mann dort, der sie nie verstanden hatte, der sie mit seinen gesellschaftlichen

Zwängen erstickt und sie in die Schwermut getrieben hatte. Nicht den Mann, der nie versucht hatte, ihn, Benedikt, zu verstehen, und ihn seit Jahren mit Missachtung und Unverständnis strafte.

Mitleid, Wut, Sehnsucht, Wehmut – eine Vielzahl widersprüchlichster Gefühle stieg in Benedikt auf, und er spürte, wie sich sein Kiefer verhärtete und ihm gleichzeitig die Augen feucht wurden. Dann jedoch straffte er sich, trat auf den Vater zu und reichte ihm kurz die Hand.

»Es freut mich, dass du gekommen bist«, sagte er, doch er wusste nicht, ob das auch wirklich der Wahrheit entsprach, und auch der Vater erhob sich schwer atmend und erwiderte kurz angebunden seinen Gruß.

Benedikt stellte ihm Fanderl vor, der sich im Hintergrund gehalten hatte und nun einen tiefen Diener machte.

Der Vater machte eine einladende Bewegung sowohl zu Benedikt als auch zu Fanderl und fragte: »Was macht der Fall? Doch was frage ich, ich weiß ja, dass ihr über laufende Ermittlungen nichts berichten dürft.«

Benedikt und Fanderl nickten einvernehmlich, und so tauschten sie sich im Laufe der nächsten halben Stunde sehr allgemein über das Wetter aus, über die grandiosen Erfolge der Münchner Fußballvereine und die wunderbaren Chiemseerenken, die der »Seeblick« anbot. Ganz offensichtlich wollte der alte von Lindgruber keine tiefschürfenden Gespräche über die Familienzwistigkeiten führen, sondern fürs Erste lieber bei Allgemeinheiten bleiben.

Als er dann Chiemseerenke und Riesling für alle bestellte und ein leichter, schon etwas kühler Abendwind vom See her wehte, schien das Eis fast gebrochen.

Nach dem Essen verharrten sie in fast einmütigem Schweigen, dann sagte der Vater: »Am kommenden Wochenende kommt deine Schwester mit den Kindern. Die

Buben sind prächtige Fußballspieler mittlerweile, vielleicht willst du auch kommen?«

Und Benedikt, dessen Herz plötzlich schnell, holpernd und unregelmäßig klopfte, antwortete sehr rasch: »Gerne.«

Gerade als der Vater seinen Aufbruch ankündigte und den Wirt bat, ihm eine Droschke zu rufen, ertönte die dunkle, volle Stimme Adelheid Schwärzlers aus dem Hintergrund: »Ja, da schau an, Vater und Sohn von Lindgruber, alle zwei mitanand, so eine Freud. Und auch noch der Herr Fanderl. Was macht das Gesicht?« Und Adelheid, in einem dunkelroten Sommerdirndl, das ihre vollen weiblichen Formen wunderbar zur Geltung brachte, rauschte selbstbewusst auf den Tisch der Herren zu.

Franzi, in einem sanftblauen Kleid, mit einem kleinen kecken Hut in der gleichen Farbe, näherte sich etwas zögernder. Benedikts Herz klopfte erneut rasch und unregelmäßig, es rührte ihn, das gleiche Blau, das die Mutter in seiner Erinnerung kurz zuvor getragen hatte, nun an der geliebten Frau zu sehen.

Der alte Herr von Lindgruber erhob sich; plötzlich schien er wieder der charmante Gesellschaftslöwe zu sein und küsste beiden Damen galant die Hand.

»Wissen Sie, dass Sie mittlerweile über die Grenzen Münchens hinaus bekannt sind?«, fragte er Franzi lächelnd. »Meine Cousine, die Freifrau von Castell aus Nürnberg, hat schon so viel von Ihnen gehört und will Ihren Salon bei ihrem nächsten München-Besuch unbedingt aufsuchen. Sie ist eine Hutfanatikerin, ich habe sie praktisch nie ohne gesehen.«

Franzi dankte für das Kompliment und versprach, die Freifrau bei ihrem Besuch besonders aufmerksam zu bedienen.

Dann fuhr die bestellte Droschke vor, und Johann von Lindgruber verabschiedete sich endgültig. Benedikt brachte ihn zum Wagen; zweimal taumelte der Vater leicht, und Benedikt musste ihn stützen.

Beim Einsteigen in den Wagen blickte der Vater hoch zu Benedikt. »Ich weiß, dass die gelben Rosen immer von dir sind«, sagte er.

Der Verschlag des Wagens schloss sich, die Züge des alten Herrn waren nur noch verschwommen wahrzunehmen, und Benedikt konnte gerade noch erkennen, wie der Vater die Hand zum Abschied hob.

Die gelben Rosen auf dem Grab von Vera von Lindgruber auf dem Münchner Westfriedhof stammten tatsächlich immer von Benedikt. Wenn er es längere Zeit nicht selbst zum Friedhof geschafft hatte, beauftragte er den kleinen Frieder, dort die Lieblingsblumen seiner Mutter niederzulegen.

Eine kurze Liebesnacht

Als Benedikt zum Tisch zurückkehrte, lachten gerade alle schallend, weil Adelheid einen anscheinend nicht ganz stubenreinen Witz erzählt hatte. Benedikt setzte sich neben Franzi, genoss ihre Nähe, ihren Duft, ihr Lachen und wünschte sich nichts anderes, als ganz lange in diesem Glück und in dieser Unbeschwertheit zu verharren.

Die Damen aßen mit bestem Appetit die wunderbare Leberknödelsuppe des Seewirts und gönnten sich abschließend noch einen Apfelstrudel. Adelheid erzählte verrückte Geschichten aus der Welt der Oper; Franzi schilderte zur Belustigung aller die dicke Frau Hitzelsberger in ihrem Papageienkostüm, und Fanderl, der schon einige Biere intus hatte, berichtete stolz, dass er vor drei Jahren bei den oberbayerischen Meisterschaften im Geräteturnen den dritten Platz belegt hatte. Benedikt blieb still; er hatte noch immer das Bild des Vaters vor Augen und streichelte nur zwischendurch zärtlich Franzis Hand.

»So, Gustav, du zeigst mir jetzt die Stelle am See, wo man so schön ’nüberschauen kann nach Gut Ising«, rief Adelheid nach einiger Zeit. »Lass ma die junge Liebe mal a bisserl allein.«

Die Nacht war mittlerweile hereingebrochen, und vom See her wehte ein empfindlich kühler Abendwind. Franzi und Benedikt beschlossen, noch einen ganz kurzen Spaziergang zum Dampfersteg zu machen; dass sie sich später in der karierten Bettwäsche des Seewirts umarmen und lieben würden, stand so gut wie fest und musste von keinem der beiden besonders angesprochen werden.

Als Benedikt während des Essens einmal kurz in sein Zimmer hinaufgegangen war, um für den Fanderl eine seiner Zigarillos zu holen, lagen auf seinem Bett ein cremefarbener Damenunterrock und eine riesige Handtasche, aus der verschiedene eindeutig weibliche Dinge auf die Bettdecke gekullert waren. Ein kleiner Zettel mit der schwungvoll energischen Handschrift Adelheids lag daneben, auf dem stand: »Benedikt, ich hab mich hier einquartiert; du gehörst ins Zimmer 106 – Doppelbett!«

»Es war sehr schön, deinen Vater kennenzulernen«, bemerkte Franzi, die um die schwierige Beziehung zwischen Vater und Sohn wusste. »Er will dich in seiner Nähe haben, das hat man gemerkt. Es scheint ihm nicht gut zu gehen.«

Benedikt nickte, und als sie auf der Bank am Dampfersteg saßen und auf die Lichter blickten, die von der Fraueninsel herüberfunkelten, erzählte er Franzi von dem seltsamen Moment, als sich das Abbild der Mutter vor den Vater geschoben und er so ungeheure Sehnsucht und Trauer empfunden hatte.

»Versuch, ihn zu verstehen und ihm zu verzeihen«, sagte Franzi und strich Benedikt sanft über die Wange.

Eine gute Stunde später lagen die beiden erhitzt und liebessatt im Doppelbett des Zimmers 106, und Franzi kuschelte sich an Benedikts Schulter.

»Ich hab ein wenig Angst gehabt, dass du mich nicht sehen willst wegen der Arbeit an dem Fall. Adelheid hat mich überredet.«

»Und ich hab Angst gehabt, dass du böse mit mir bist, weil ich mich nicht abgemeldet habe, und hab dich schon in den Armen deines verrückten Künstlernachbarn gesehen«, antwortete Benedikt.

Sie versicherten sich gegenseitig, dass ihre jeweiligen

Ängste unbegründet waren, dann lagen sie schweigend da und hörten zu, wie die Wellen rhythmisch an die Bohlen des Dampferstegs draußen schlugen. Die Kirchturmuhr schlug elf; Benedikt dachte für einen kurzen Moment an den Moser und von welcher Evi dieser wohl gesprochen hatte, dann jedoch schob er die Gedanken an den Fall zur Seite und wandte sich Franzi zu.

»Willst du mich heiraten, Franziska Reger?«, fragte er.

Seine Stimme klang ein wenig heiser, und er war selbst etwas überrascht über diese Frage, die ihm so spontan über die Lippen gekommen war.

Franzi schlang ihre schlanken weißen Arme um seinen Hals und küsste ihn lange.

»Ach, Benedikt, mein Liebster, ich liebe dich sehr, doch ich sage dir offen, dass ich Angst habe, Angst vor dem Leben an der Seite eines Polizisten. Unregelmäßiger, aufreibender Dienst, gefährliche Fälle, Schusswaffen und dergleichen mehr. Und ein wenig Angst auch, mein Leben aufgeben zu müssen. Mein unabhängiges, schönes Hutmacherinnenleben, in dem sich gerade der Erfolg einstellt. Gib mir, gib uns noch etwas Zeit, Benni, ich bitte dich.«

»Natürlich, Liebste, wir haben ja Zeit. Nichts soll überstürzt werden«, antwortete Benedikt vernünftig, spürte aber gleichzeitig, wie ein wenig Bitterkeit und Enttäuschung in ihm hochstiegen und wie das schöne Bild, das er vor Kurzem von Franzi und sich im Garten eines trauten Münchner Heims mit laut umhertollenden Kindern gemalt hatte, verblasste.

Noch einmal liebten sie sich, diesmal langsam und gemächlich, und genossen die Vertrautheit, die sich mittlerweile zwischen ihren Körpern eingestellt hatte. Dann schliefen sie ein.

Der Fanderl war inzwischen nach einem langen Spaziergang mit Adelheid zu besagtem Aussichtspunkt endlich zu Hause angekommen, sank rechtschaffen müde in sein Bett und war gerade eingeschlafen, als es an seinem Fenster klopfte.

Es war die Therese, die, nachdem er das Fenster geöffnet hatte, laut und zornig aufschluchzte und vorwurfsvoll rief: »Den ganzen Abend sitzt du mit vornehmen Damen im Wirtshaus und gehst dann noch mit einer allein spazieren! Und nach mir hast den ganzen Tag nicht geschaut. Du stinkst nach Bier!«

»Du Tschapperl«, flüsterte Fanderl ganz leise, um die Mutter in ihrem Schlafzimmer nebenan nicht zu wecken, »das war doch Besuch aus München für den Benedikt.« Er streckte die Arme nach ihr aus und half ihr in seine Stube.

Der Pfarrer Grimsler, der natürlich unablässig die Keuschheit vor der Ehe predigte, hätte bei dem, was sich nun im Jungmännerbett des Fanderl abspielte, mehr als bedenklich den Kopf geschüttelt.

Benedikt träumte. Auf allen vieren kroch er durch das riesige Arbeitszimmer seines Vaters; vor ihm, ebenfalls auf allen vieren, krabbelte rasch und behände der Dreissiger und lüpfte immer wieder seinen Hut. Hinter dem Schreibtisch saß groß und mächtig der Vater, klopfte regelmäßig und laut auf den Tisch und rief etwas, was Benedikt nicht verstehen konnte. Dann schreckte Benedikt aus diesem wirren Traum hoch, denn Franzi rüttelte an seiner Schulter: »Benni, es klopft«, und er bemerkte, dass sich das erste Morgendämmerlicht durch die Vorhänge stahl.

Er schlüpfte in seine Hosen und öffnete. In einer löchrigen, schlackernden Unterhose, einen intensiven Bier- und Schlafgeruch verströmend, stand da der Wirt.

»Der Arzt aus dem Rosenheimer Krankenhaus hat angerufen. Der Patient will reden, es geht wohl nicht mehr lang mit ihm. Sie möchten doch gleich kommen.«

Benedikt trat zu Franzi und küsste sie zärtlich.

»Bin bis zum Frühstück wieder zurück.«

Franzi rieb ihre Nase an seiner noch nackten Brust und murmelte: »Das zum Thema Polizistenfrau!«

Karl Moser trifft die Evi wieder

Nicht einmal eine halbe Stunde später befanden sich Benedikt und Fanderl auf der Fahrt nach Rosenheim. Auf einer Waldlichtung hinter Greimharting standen zwei Rehe unbeweglich im Morgenlicht, und Benedikt stellte fest, dass das Laub inzwischen deutlich mehr Herbstfärbung angenommen hatte.

Als er den Fanderl abgeholt hatte, hatte er sehr wohl bemerkt, dass dieser nicht allein war, und hatte auch einen kurzen Blick auf den zerzausten Haarschopf der Therese werfen können. Nun konnte er sich die Bemerkung nicht verkneifen: »Das ist unser Polizistenschicksal, Gustav. Aus dem warmen Bett der Geliebten hinein in die kalte Nüchternheit des Falls.«

Fanderl nickte zustimmend, sagte jedoch nichts; er war wohl zu müde, um etwas zu erwidern.

Übernächtigt und fröstelnd stiegen sie vor dem Rosenheimer Krankenhaus aus dem Auto und eilten die Treppe hoch, wo sie der Arzt schon erwartete.

»Der Patient ist in keinem guten Zustand«, berichtete er. »Zu der Vergiftung durch Gas, Alkohol und Tabletten sind nun starke Herzrhythmusstörungen gekommen, und auch die Lungenfunktion ist nur mehr unzureichend. Wie ich meinen Unterlagen entnehmen konnte, sind Sie die ermittelnden Beamten in diesem Fall, und da der Herr Oberregierungsrat Dreissiger sein Kommen erst gegen neun Uhr zugesagt hat, habe ich mir gedacht, Sie sollten so schnell wie möglich zur Stelle sein. Der Patient will augenscheinlich etwas loswerden.«

Er führte Benedikt und Fanderl in ein schlichtes Einzelzimmer im ersten Stock, wo mit rasselndem Atem und grauem, eingefallenem Gesicht der Moser lag und keine Ähnlichkeit mehr mit dem kraftstrotzenden, rotgesichtigen Kerl hatte, den Benedikt vor einigen Tagen kennengelernt hatte.

Mosers Hände wanderten unruhig über die Bettdecke, sein Mund öffnete und schloss sich, er brachte jedoch nur ein heiseres Krächzen zustande. Benedikt setzte sich auf die Bettkante und kämpfte gegen die Übelkeit an, die in ihm aufstieg. Der Moser roch nach Gas, Alkohol und unverdautem Essen; doch noch ein anderer Geruch mischte sich dem bei, und nach jahrelanger Polizeiarbeit kannte Benedikt diesen genau. Es war ganz eindeutig der Geruch des Todes.

Fanderl, der mit großen, etwas angsterfüllten Augen bis jetzt noch ein wenig Abstand gehalten hatte, trat nun dazu und reichte Benedikt ein Glas Wasser. Der hielt es dem Moser an die Lippen, und dieser versuchte tatsächlich, etwas zu trinken; allerdings lief ihm das meiste aus den Mundwinkeln wieder heraus, rann sein zerfurchtes Kinn hinab und tropfte auf seinen gelblich fahlen Hals. Trotzdem schienen ihn die wenigen Tropfen etwas zu beleben.

Mit unerwarteter Kraft packte er Benedikts Hand und hielt sie schraubstockartig fest umklammert. Er öffnete die Augen, versuchte, sich ein wenig aufzurichten, und begann mit einigermaßen deutlicher Stimme zu sprechen.

»Der Josef hat sie immer gefunden für mich. Ich wollt ihnen nie was tun, den Madln, aber die waren immer so …« Und hier verstummte er und schien das passende Wort nicht zu finden. »Die Evi war auch so. Dass sie dann Wasser gschluckt hat, daran war sie selber schuld. Ich war doch der große Bruder. Ich durft sie doch küssen, da musste sie doch keine Angst haben. Aber …« Jetzt hielt der Moser wieder inne, atmete schwer und schloss die Augen.

»Erzähl uns alles, Moser, dann wird's dir leichter«, sagte nun der Fanderl, der sich ebenfalls auf der Bettkante niedergelassen hatte.

Moser ließ Benedikts Hand los, hob seine Hände und ballte sie zu Fäusten.

»Der Josef, der war doch mein Freund, aber er wollt's der Philomena sagen und dem Dreissiger, Geld wollt er.« Und Mosers bis jetzt schwache Stimme schwoll an, und er begann zu schreien.

»Das kann er nicht machen, nicht mit mir, ich bin doch der …«, wieder suchte er nach Worten und brüllte dann laut: »der Kreisleiter!«

Erschöpft schloss der Moser die Augen, Schweiß rann über sein eingefallenes bleiches Gesicht, und sein Atem rasselte. Doch dann sprach er weiter.

»Mein Verdienstkreuz hat er abgrissen, und glacht hat er, ich hab ihn geschlagen, da ist er umgfallen und liegen geblieben … und die fette Hex, die ist dann auch noch gekommen! Ich hab sie genau gsehn!«

Benedikt blickte fragend zu Fanderl, doch auch dieser zuckte nur die Achseln.

»Ich weiß auch nicht, was er damit meint.«

In diesem Moment wurde die Tür aufgerissen, und die Dame, die der Fanderl am Vortag als die Philomena Moser erkannt hatte, stürzte in den Raum.

»Mein Karl, mein Karl!«, schrie sie mit sich hysterisch überschlagender Stimme. »Was ist denn um Gottes willen passiert?«

Benedikt hatte sofort den Eindruck, dass es sich bei dem Auftritt der Philomena um ein gut inszeniertes Schauspiel handelte, und der Fanderl bestätigte diese Vermutung mit einem kurzen Blick des Einverständnisses.

Als Moser seine Ehefrau erblickte, begann er wieder mit

heiserer, von trockenem Husten unterbrochener Stimme zu schreien.

»Die muss ’naus, ’naus mit der, die geht zum Prälat!«

Er versuchte, sich in seinem Bett aufzurichten, hob die Rechte zum Gruß und röchelte: »Heil dem Führer, dem Führer.« Dann sackte er zusammen und wurde bewusstlos.

Mittlerweile waren der Arzt und eine Schwester herbeigeeilt, machten sich am Moser zu schaffen und schickten die Besucher hinaus.

Diese ließen sich auf einer der harten Bänke im trüben Licht des Krankenhausflurs nieder, die Philomena Moser nahm den lächerlichen Trachtenhut von ihrer zerzausten Frisur und putzte sich die Nase.

Nicht einmal eine halbe Stunde später waren Benedikt und Fanderl über alles informiert, und Benedikt empfand jetzt fast so etwas wie Hochachtung vor der Philomena, die nun den geraden, steinigen Weg gegangen war und ihnen unverblümt alles berichtet hatte, auch die Geschichte vom tragischen Tod der Evi.

»Die Evi war, glaub ich, der einzige Mensch in seinem Leben, den er wirklich geliebt hat. Doch auch von ihr hat er seine Finger nicht lassen können. Ich hab geglaubt, dass ich’s ihm austreiben kann, aber da hab ich mich getäuscht. Doch dass er den Sachrang umbracht hat, das kann ich einfach nicht glauben.«

In dem Moment, als der Dreissiger erschien, der einen gut ausgeschlafenen Eindruck machte und einen teuren grauen Zweireiher mit gepunktetem Einstecktüchlein passend zur Krawatte trug, kam auch der Arzt und teilte mit, dass der Moser vor wenigen Minuten verstorben sei. Er bedaure, doch man habe nichts mehr tun können.

Die Philomena putzte sich noch einmal die Nase, machte sich aber nicht die Mühe, große Trauer zu heucheln, und nahm, nachdem sie nur kurz vom Verstorbenen Abschied genommen hatte, ohne Umstände den galant angebotenen Arm des Dreissiger, um das Krankenhaus zu verlassen.

Die beiden gaben ein stattliches Paar ab, und Fanderl murmelte vor sich hin: »Der Dreissiger ist seit fünf Jahren Witwer.«

»Ja, Gustav, sind wir jetzt wirklich am Ende angelangt?«, meinte Benedikt, als sie das Krankenhaus verließen.

»Ich weiß nicht recht; ich hab so ein Gefühl, dass noch etwas kommt«, entgegnete Fanderl. »Ich kann es nicht erklären, aber irgendwie ist das einfach noch nicht das Ende. Was meinst du?«

»Ja, seltsam, da geht es mir ganz ähnlich«, antwortete Benedikt stirnrunzelnd, und plötzlich, er konnte es sich selbst nicht erklären, kam ihm die Agathe Huber mit ihrer unförmigen Gestalt, ihrer Kurzatmigkeit und ihrem hektischen, nicht enden wollenden Redefluss in den Sinn, und er blieb abrupt stehen.

Mittlerweile standen sie vor dem Krankenhaus, der Morgenhimmel war bis auf ein paar fedrige Föhnwolken strahlend blau, und auch er weinte dem Moser nicht nach. Benedikt wandte sich an Fanderl.

»Was hat der Moser gesagt? Fette Hex? Ich glaub, wir sollten noch mal zum Huberhof schauen.«

Als sie im Auto saßen und auf der sich gemächlich nach Prien schlängelnden Straße auf den Chiemsee zufuhren, sagte Benedikt mit ein wenig brüchiger Stimme zum Fanderl: »Ich möchte dir schon jetzt für deine außerordentlich gute Mitarbeit danken, Gustav. Ich hätte das allein nicht geschafft, und außerdem hab ich in dir einen neuen Freund gefunden. Danke!«

Der Fanderl errötete bis hinter beide Ohren und winkte

ab: »Ich hab dir zu danken, ich hab doch so viel gelernt bei dir, Benedikt. Und dass ich dich meinen Freund nennen kann, macht mich sehr stolz.« Und mit einer etwas linkischen Bewegung klopfte er sachte auf Benedikts Schulter.

Einen Augenblick lang schwiegen sie beide ein wenig verlegen, dann begann der Fanderl leise und ziemlich unmelodisch vor sich hin zu pfeifen. Schon zuvor war Benedikt aufgefallen, dass Fanderls Pickel sich wesentlich gebessert hatten und keine neuen hinzugekommen waren.

Das ist die Liebe, dachte er.

Agathe backt Hefezöpf

Bereits am Dorfeingang kam Benedikt und Fanderl schwer humpelnd und gekrümmt, doch mit erstaunlicher Geschwindigkeit die Michelbergerin entgegen. Aufgeregt fuchtelte sie mit beiden Armen und rief mit schriller Stimme: »Kommts, kommts schnell, am Huberhof stimmt was nicht!«

»Was hab ich gesagt, da kommt noch was«, meinte Benedikt, und sie eilten rasch die paar Meter zum Huberhof, wo auf der Bank vor dem Eingang der Huberbauer saß. Seine sonst so gesunde Gesichtsfarbe war einer grauen Blässe gewichen, und mit weit aufgerissenen Augen deutete er in Richtung der Kuchl, die gleich rechts neben dem Eingang lag.

Benedikt und Fanderl traten ins Haus, und die jüngste Hubertochter, die zehnjährige Elfi, die neben ihrem Vater auf der Bank saß, rief ihnen nach: »D' Muada is gspinnert worn!«

In der Küche war es ungewöhnlich heiß, der Herd im Hintergrund glühte, und ein Berg Holzscheite davor wies darauf hin, dass noch weiter geschürt werden sollte. Überall, auf dem großen Tisch, an dem die Familie normalerweise ihr Essen einnahm, aber auch auf den Stühlen, dem Boden und der Anrichte, lagen Eierschalen, klebte Eigelb, tropfte Eiweiß, und fast alles war von einer Schicht weißen Mehls und bröckelndem, klebrigem Zucker überzogen.

»Mir pressiert's, ich hab koa Zeit«, empfing sie die Agathe hektisch und mit hochrotem Kopf, »ich muss erst noch die ganzen Hefezöpf backen.« Ihre Stimme klang hoch, seltsam hell und fast klirrend.

Agathe stand vor einer riesigen Schüssel, aus der in dichten Wolken das Mehl aufstaubte, und knetete mit bloßen Armen eine riesige Menge Teig. Benedikt fiel auf, dass ihre fleischigen, mehlbepuderten Arme mit einigen kräftigen, gerade verheilenden Kratzspuren und blauen Flecken überzogen waren. Sie trug noch ihr Nachthemd, das über Brust und Bauch gefährlich spannte, es war nur nachlässig geknöpft und ebenfalls voller Mehl und Ei. Das sonst sorgfältig hochgesteckte Haar fiel ihr offen auf die Schultern, es war schweißnass, und auch darin klebten Teigreste und Eigelb.

Benedikts Blick fiel auf zwei Fotografien in silbernen Rähmchen, die am Eingang zur angrenzenden Stube hingen. Eines zeigte wohl den alten, schon lange verstorbenen Huberbauern, auf dem anderen waren Agathe und ihr Mann im Hochzeitsstaat zu sehen. Den Huberbauern erkannte man sofort, bis auf etwas lichteres ergrautes Haar und einige Falten im Gesicht war er derselbe geblieben. Dass jedoch die schöne, strahlende und schlanke Braut mit der funkelnden Hochzeitskrone im vollen lockigen Haar die Agathe war, konnte man beim besten Willen nicht mehr erkennen.

»Alle die Eier für den Josef, die sind jetzt da in die Zöpf drin«, rief die Agathe, und diesmal schwangen Verzweiflung und Klage in ihrer Stimme.

Weiter dumpf Unverständliches vor sich hin murmelnd, knetete sie hektisch den Teig. Auf dem großen Herd an der Wand kochte aus einem Riesentopf zischend Milch über, doch die Agathe achtete nicht darauf und schien auch den Geruch der verbrannten Milch nicht wahrzunehmen.

Der Fanderl zog rasch den Topf zur Seite, und Benedikt trat auf Agathe zu.

»Was ist los, Huberbäuerin?«, fragte er.

Die Agathe blickte zu ihm auf, doch ihre Augen waren

sonderbar leer, und sie schien ihn nicht zu erkennen. Der Fanderl trat vor sie und berührte sie leicht am Arm.

»Agathe, mich kennst du doch. Was ist denn?«

Agathe schaute ihn an, dann liefen plötzlich Tränen über ihr erhitztes, mit Mehl und Ei verschmiertes Gesicht, und sie hob die Arme aus dem Teig.

»Da, da, da schau doch! Weh hat er mir getan, gekratzt hat er mich, ausgelacht hat er mich, und ›alte Vettel‹ hat er mich genannt. Dabei weiß ich's, dass er doch nur mich wollt, mich, eine richtige Frau und nicht so ein halbes Kind wie die Luise. Mich wollt er malen, meine Schönheit, meine Brust, meinen Leib, da, da, schau doch!« Und sie riss mit einem Ruck ihr Nachthemd auf.

Der Fanderl wich bei diesem Anblick erschrocken zurück und ließ sich schnell auf einen ebenfalls mit Mehl und Ei besudelten Stuhl sinken. Benedikt griff rasch ein größeres Geschirrtuch, hielt es der Agathe vor die nahezu nackte Brust und führte sie zur Eckbank.

»Ruhig, Huberbäuerin, ganz ruhig. Was ist geschehen?«

Agathe saß einige Zeit wie erstarrt auf der Bank und presste sich das Tuch vor die Brust. Dann leckte sie sich Teig und Mehl von den Lippen, und ihr Blick und ihre Stimme wurden klarer.

»Die Lisl war heut früh da wegen der Sonntagsbluse, zum Weitermachen.«

Benedikt und Fanderl blickten verständnislos.

»›Was hast du da für Kratzer und Flecken an den Armen, Agathe?‹, hat sie mich gefragt. Da wusst ich auf einmal, dass ich's doch nicht geträumt hab.« Sie verstummte.

»Was hast du nicht geträumt, Agathe?«, wollte Benedikt wissen.

Agathe schluchzte auf, und ihre Schultern und ihre Stimme bebten.

»Dass ich ihn erschlagen hab. Ich hab's nicht geträumt, ich hab es wirklich getan.«

In jener Nacht war die Agathe wie des Öfteren von Herzrasen und starkem Schwitzen geweckt worden. Sie hatte ihr erhitztes Deckbett zurückgeworfen, sich den Schweiß von der Stirn gewischt, war aufgestanden und ans Fenster getreten. Im Atelier des Josef brannte, obwohl es schon gegen drei Uhr nachts war, Licht, und als Agathe das Fenster öffnete, um frische Luft zu atmen, hörte sie von dort Geschrei und Gepolter. Dann war nach kurzer Zeit eine dunkle Gestalt vor sich hin fluchend und schimpfend aus dem Atelier getaumelt und in der Nacht verschwunden.

»Des könnt der Rosenheimer Parteimensch gewesen sein. Den hab ich ja schon öfters beim Josef gesehen«, meinte sie.

Nur im Nachthemd sei sie dann schnell hinunter ins Atelier gelaufen.

»Da lag er, der Josef, voller Blut am Kopf und auf dem Hemd, nach Bier und Wein hat er gestunken und hat gestöhnt und geröchelt. Ich wollt ihm aufhelfen, aber dann hat er auf einmal ganz verrückt gelacht und geschrien, dass ich alte Vettel ihn doch endlich in Ruh lassen soll, er habe genug von mir und meinen Eiern. Er hat mich an den Armen gepackt und mir wehgetan. Dann war da die Staffelei, die war schon halb kaputt, und ich hab das Holz genommen und auf ihn draufgeschlagen, immer und immer wieder hab ich auf ihn draufgeschlagen, bis er still war. Ich hab ihn doch so geliebt.«

Schluchzend sackte die Agathe auf der Bank zusammen und stöhnte.

Auf Benedikts Frage, ob sie denn die blauen Flecken und Kratzer auf ihren Armen nicht schon früher bemerkt habe, meinte die Agathe: »I woas ned. Ich schau mich doch schon lang nimmer an, und seit die Elfi gesagt hat, dass ich Arm wie Schweinsfüß hätt, halt ich sie meist bedeckt.«

Wie sie nach ihrem Zusammenstoß mit dem Sachrang wieder in ihr Bett zurückgekommen war, wusste sie nicht mehr, nur dass sie in der Nacht noch mehrmals kurz eingeschlafen und dann immer wieder aus einem grauenhaften Traum hochgeschreckt war, daran konnte sie sich erinnern.

Eine halbe Stunde später wurde die Agathe abgeholt. Der Huberbauer saß immer noch wie versteinert vor dem Haus, und die kleine Elfi, die im Gärtchen mit ein paar jungen Katzen spielte, sah ihrer Mutter verständnislos hinterher.

Obwohl Benedikt und Fanderl sich bemüht hatten, das Ganze ohne viel Aufhebens abzuwickeln, hatte die Michelbergerin natürlich Lunte gerochen und stand mit einigen Nachbarinnen spähend vor dem Haus.

Die Agathe, ordentlich gekämmt und in einem ihrer besten Dirndl, schritt an ihnen vorbei und sagte: »Schaugts doch nicht so blöd!«

Irgendwie erschien sie Benedikt plötzlich ein wenig hübscher und schmaler.

Der Fanderl muss nicht lange überlegen

Die Nachricht von der Festnahme der Huberbäuerin hatte schnell die Runde gemacht, überall im Dorf standen kleine Grüppchen zusammen, und in fast allen Gesichtern waren Entsetzen, Schrecken und Mitleid zu lesen, aber auch die Neugier und Sensationslust, die mit solchen Geschehnissen immer einhergehen.

Als die Wogen sich etwas geglättet hatten, machten Luise Meierhofer und Stefan Riedinger gegen Abend einen kleinen Spaziergang am See entlang und präsentierten sich dem Dorf als wieder ordentlich verlobtes Paar. Annamirl und Ludwig Meierhofer saßen vor ihrer Waldhütte, und wenn sie sich nicht gerade küssten, schmiedeten sie Zukunftspläne und überlegten, was mit dem Bild der Luise, das immer noch im Dunkel der Waldhütte verborgen stand, geschehen sollte.

»Wir müssen mit der Luise darüber reden, Ludwig«, meinte Annamirl.

»Sie verbrennt's, das hat sie mir versprochen«, antwortete dieser.

Fritz Bergleitner und der Knecht Xaver saßen vor dem Bergleitnerhäusl, und Fritz las dem Xaver, der sich mit dem Lesen ein wenig schwertat, aus der »Roten Fahne« vor.

Die alte Michelbergerin schmückte unter Stöhnen und Seufzen den Altar für die Sonntagsmesse mit bunten Dahlien und staubte das Sakramentshäusl ab.

Adelheid Schwärzler hatte bei ihrem Vormittagsspaziergang am See einen feschen Segler aus Augsburg kennengelernt und ließ sich von diesem nun in die Geheimnisse des Segelsports einweihen.

Benedikt und Franzi erschreckten das Zimmermädchen vom »Seeblick« fast zu Tode, als es endlich zu später Mittagsstunde das Zimmer machen wollte und zwei vollkommen unbekleidete Menschen tief schlafend dort im zerwühlten Bett vorfand.

Der Fanderl zog am Abend seinen einzigen Anzug an und machte einen Antrittsbesuch bei Thereses Eltern, der recht zufriedenstellend ausfiel.

Philomena Moser und Oberregierungsrat Dreissiger tranken im Wohnzimmer der Witwe süße Schokolade, und Philomena, ihre obersten Blusenknöpfe öffnend und sich Luft zufächelnd, dankte dem Dreissiger überschwänglich für seinen Beistand und seine Unterstützung.

Der alte Herr von Lindgruber orderte in Rosenheim zwei hochwertige, teure Lederfußbälle und besprach mit der Köchin bereits das Mittagessen für den kommenden Sonntag. Als diese erfuhr, dass auch der Herr Benedikt kommen sollte, ging ein breites Strahlen über ihr Gesicht.

Am nächsten Tag, der Himmel war grau geworden und erste Regentropfen fielen, trafen sich Benedikt und Fanderl in der Wachstube, um miteinander den Abschlussbericht durchzugehen. Benedikt hatte sich bereits von Franzi und Adelheid verabschiedet und brachte dem Fanderl die besten Grüße der beiden Damen in Form eines selbst gestalteten Kärtchens mit. Darauf bedankte sich Adelheid für die kurzweilige Begleitung beim Spaziergang zum Aussichtspunkt und sagte zu, sich um günstige Opernkarten für den Fanderl zu bemühen, und Franzi versprach der Therese die Anfertigung eines Huts ihrer Wahl. Sie hatte mitbekommen, dass Fanderl und Therese einen Besuch des diesjährigen Oktoberfests planten.

Der Fanderl zeigte sich hocherfreut, leitete dann aber

nüchtern und geschäftsmäßig zur Tagesordnung über und verlas Benedikt seinen Bericht, an dem es nichts zu beanstanden gab.

»Hervorragend, alles drin«, konnte Benedikt nur noch anerkennend sagen. Dann saßen sie sich in der Kargheit der kleinen Wachstube gegenüber, nahmen den leichten Rauchgeruch, der immer noch in der Luft hing, nicht mehr wahr und wussten nicht so recht, wie sie voneinander Abschied nehmen sollten.

»Ich würde dich gerne nach München mitnehmen, Gustav. Wenn ich dem Schulze-Kaiser einen entsprechenden Bericht schreibe und ihm deine Vorzüge schildere, wird er dich sicher gerne übernehmen. Du mit deiner Intelligenz, deinem Spürsinn, deinem Einfühlungsvermögen, du solltest hier nicht versauern!«

Der Fanderl schien über den Vorschlag Benedikts gar nicht besonders erstaunt.

»Ich hab auch schon darüber nachgedacht, Benedikt. Aber sei mir nicht bös, ich bleib hier. Ich brauch den See, das Dorf, die Leut und die Berg; die Mutter hab ich auch hier und vor allem die Therese. Ich kann und ich will hier nicht fort.«

Benedikt, der wiederum über die Antwort des Fanderl nicht besonders erstaunt war, nickte verständnisvoll, und so verabschiedeten sie sich in der Gewissheit, dass man sich ja in drei Wochen zum Oktoberfest in München wiedersehen würde.

»Nur eins wüsst ich jetzt zum Schluss doch noch gern«, meinte der Fanderl sinnend. »Wo ist eigentlich das Bild von der Luise geblieben?«

München 1990: Die Eva taucht wieder auf

Ella Höllerer, Mitte fünfzig, Oberstudienrätin für Latein und Geschichte, war seit fünf Jahren Witwe und hatte nicht geglaubt, dass noch einmal ein Mann in ihr Leben treten würde. Doch vor einem halben Jahr hatte sie an einem regnerischen grauen Novembersonntag beim Besuch der Alten Pinakothek vor einem der zahlreichen kleinen Niederländer, auf dem Menschen auf zugefrorenen Flüssen Schlittschuh liefen, Peter Rupperti kennengelernt. Sie kamen ins Gespräch, plauderten über Kunst, die neu eröffnete Großbuchhandlung am Marienplatz und über das deprimierende Wetter. Von da an verging kaum eine Woche, in der sie sich nicht trafen. Peter Rupperti, ein fröhlicher Genussmensch, der gerne redete, nahezu jede Weinsorte kannte und gutem Essen mit Begeisterung zusprach, war Antiquar und Kunsthändler und hatte hinter dem Isartor einen kleinen, aber feinen Laden. Ruppertis Schwerpunkt waren Bavarica jeglicher Art, und sowohl für altbayerische Liederbüchl, alte Ausgaben der Werke von Oskar Maria Graf und anderer bayerischer Literaten sowie für Gemälde und Keramik des Voralpenlandes war er anerkannter Experte.

Ella und Peter ließen sich Zeit mit ihrer ersten Liebesnacht. Ella deshalb, weil sie noch immer um ihren Mann trauerte und weil ihr ihre konservative, streng katholische Erziehung noch immer in den Knochen steckte. Ella Höllerer, geborene Riedinger, stammte aus einer Chiemgauer Bauernfamilie und war das dritte von sieben Kindern. Peter Rupperti ließ sich mit dem ersten erotischen Treffen ebenfalls Zeit, da er so einige gescheiterte Beziehungen und schon zwei Ehen hinter sich hatte und auch, weil er das Vorgeplänkel, das Werben, die knisternde Erotik vor der ersten Vereinigung sehr schätzte.

An einem Maiabend – die Spatzen lärmten frühlingstrunken vor Ellas Küchenfenster – war es dann nach einem hervorragenden Spargelessen doch so weit, und Peter folgte Ella in ihr kleines Schlafzimmer, das sie sich nach dem Tod ihres Mannes neu eingerichtet hatte. Ziemlich rasch entledigten sie sich ihrer Kleider und Hemmungen und genossen ihr erstes Beisammensein so lustvoll wie den gemeinsamen Besuch des Blauen Reiters und der Werke der Gabriele Münter im Lenbachhaus.

Als sie sich eine Stunde später ein wenig ermattet unter Ellas glatter Seidenbettwäsche gerade noch einmal aneinanderschmiegen wollten, stieß Peter einen Überraschungslaut aus, griff sich seine Brille vom Nachttischchen und sprang, nackt, wie er war, aus dem Bett.

»Ja, da schau her, was hast denn da?«, rief er und betrachtete den halb vollendeten Akt einer jungen Frau, der an der Wand gegenüber von Ellas Bett hing.

»Das hab ich beim Räumen meines Elternhauses in einem Bretterverschlag im alten Stadl gefunden«, entgegnete Ella. »Ich hab keine Ahnung, was es da sollte, und kann mir nicht vorstellen, dass es was mit meiner Familie zu tun hat. Doch ich hab's schön gefunden, aufgehoben und nun hier aufgehängt. Thomas wollte es nie an der Wand haben.«

Peter war nun ganz nahe an das Bild herangetreten und begutachtete es fachmännisch.

»Das ist eindeutig ein Sachrang«, sagte er. »Der hat in den zwanziger und dreißiger Jahren am Chiemsee gelebt, und eine Zeit lang war er recht erfolgreich. Er ist, wenn ich mich nicht täusche, jung gestorben – ist er nicht sogar ermordet worden? Wenn es dir recht ist, zeig ich's mal dem Wieninger, der ist auf Chiemseemaler spezialisiert.«

Sie einigten sich darauf, dass der Wieninger das Bild begutachten sollte, Ella es jedoch auf keinen Fall verkaufen würde.

»Es gehört irgendwie zu mir. Ich weiß auch nicht so genau, warum«, erklärte sie Peter. Sie schlug die Bettdecke zurück und zeigte ihre frauliche Figur und ihren schönen, vollen Busen, und Peter vergaß den Sachrang auf der Stelle.

Einige Wochen später erschien der Wieninger, nahm das Bild zur Begutachtung von der Wand und zog sich damit in eine Ecke von Ellas Wohnzimmer zurück. Während Ella in der Küche Kaffee kochte und einen Apfelkuchen anschnitt, hörte sie ihn herumwerkeln und vor sich hin murmeln.

Nach einer guten halben Stunde erschien er, trank zuerst zwei Tassen Kaffee und sprach dem Apfelkuchen zu, dann erklärte er Ella, dass sie da eindeutig einen Josef Sachrang, 1893 bis 1930, an der Wand hängen hatte. Einen großen Wert habe das Bild jedoch nicht, denn der Sachrang würde kaum mehr gehandelt, weil er so einen »Blut-und-Boden-Anstrich« habe.

»Aber das hab ich hinter der unteren Rahmenleiste gefunden«, ergänzte der Wieninger und übergab Ella einen gelbstichigen, zerknitterten Bogen Papier.

Erst als der Wieninger, ohne ein Honorar zu verlangen, gegangen war, setzte sich Ella wieder an ihren Küchentisch, glättete vorsichtig das alte Schriftstück und las, was da in der ungelenken Schrift ihrer verstorbenen Mutter stand:

September 1981

Liebe Kinder,
das Madl auf diesem Bild vom Josef Sachrang bin ich. Er hat für ein paar Jahr beim Huberbauern gewohnt und mich so gemalt. Ich war siebzehn Jahre alt. Das sollt ihr wissen.
Ich hab euren Vater immer geehrt und geliebt und bin ihm immer treu gewesen. Das sollt ihr auch wissen.

In Liebe
eure Mutter
Luise Riedinger, geb. Meierhofer

Ich danke …

– meinem Mann Franz, der meine Romanidee von Anfang an unterstützt hat, für seine immer sachliche Kritik, seine Begleitung in schweren Lebens- und Schreibphasen und für seine zahlreichen fundierten historischen Kenntnisse, die in meinen Text eingeflossen sind.

– André Hille von der Textmanufaktur Hille und allen Dozenten und Kursteilnehmern der Seminare in Berlin und München. Es waren äußerst bereichernde Tage mit euch!

– meinen FreundInnen und TestleserInnen Edda, Joachim, Sigrit und Ulrike für die Zeit, die sie sich genommen haben, und für ihre Bereitschaft, sich auf meinen Text einzulassen. Ich weiß, dass es nicht einfach ist, einer nahestehenden Person Einwände, Kritik und Verbesserungsvorschläge anzutragen.

– In dieser Form danken kann ich leider nicht mehr meinem langjährigen Dozenten für Kreatives Schreiben, Reinhold Ziegler. Sehr rasch und viel zu früh ist er im August letzten Jahres verstorben. Danke, Reinhold, du hast mir den Anstoß zum Schreiben gegeben.

– den Mitarbeitern der Agentur Rumler München, in deren Räumen in Nymphenburg ich mich gleich sehr wohlgefühlt habe. Besonderen Dank an meine persönliche Betreuerin Sophie Wittmann, die mein Romanprojekt engagiert vertreten hat und immer ein offenes Ohr für mich hatte.

– allen Mitarbeitern des Emons Verlages, die sich immer äußerst freundlich und zugewandt um mich »Debütantin« gekümmert haben. Danke an Dr. Christel Steinmetz, Hannah Naumann, Sophie Olk, Nina Schäfer und an diejenigen, die ich hier nicht alle namentlich erwähnen kann.

– meiner Lektorin Uta Rupprecht für das hervorragende Lektorat und ihre weit darüber hinausgehende Unterstützung.

– Roland Bopp vom Bayerischen Polizeimuseum Ingolstadt, der mir viel über Struktur und Dienstränge der bayerischen Polizei im Jahr 1930 vermitteln konnte.

Alle Fehler, die sich vielleicht doch noch eingeschlichen haben, habe ich allein zu verantworten!

Gretel Mayer, im Frühjahr 2018